A vida é cruel, Ana Maria

FÁBIO DE MELO

A vida é cruel, Ana Maria

Diálogos imaginários com minha mãe

1ª edição

EDITORA RECORD
RIO DE JANEIRO • SÃO PAULO
2023

CIP-BRASIL. CATALOGAÇÃO NA PUBLICAÇÃO
SINDICATO NACIONAL DOS EDITORES DE LIVROS, RJ

M485v Melo, Fábio de, 1971-
A vida é cruel, Ana Maria : diálogos imaginários com minha mãe / Fábio de Melo. - 1. ed. - Rio de Janeiro : Record, 2023.

ISBN 978-65-5587-850-9

1. Mãe e filhos - Ficção. 2. Sentimentos - Ficção. 3. Espiritualidade - Ficção. 4. Ficção brasileira. I. Título.

23-85773 CDD: 869.3
CDU: 82-3(81)

Meri Gleice Rodrigues de Souza - Bibliotecária - CRB-7/6439

Projeto gráfico: Alles Blau

Fotos de capa: Library of Congress, Prints & Photographs Division, [LC-DIG-maptc-14022], [LC-DIG-maptc-10209], [LC-DIG-maptc-10207].

Texto revisado segundo o Acordo Ortográfico da Língua Portuguesa de 1990.

Direitos exclusivos desta edição reservados pela
EDITORA RECORD LTDA.
Rua Argentina, 171 – Rio de Janeiro, RJ – 20921-380 – Tel.: (21) 2585-2000.

Impresso no Brasil

ISBN 978-65-5587-850-9

Seja um leitor preferencial Record.
Cadastre-se no site www.record.com.br
e receba informações sobre nossos
lançamentos e nossas promoções.

Atendimento e venda direta ao leitor:
sac@record.com.br

Para Cristiane de Castro, Maria de Lourdes da Silva Castro, Ana Cristina de Castro, Diva da Silva Costa e Maria de Fátima Lemes, que amaram sem limites, até o fim.

E em memória de João Valadão de Melo e Maria do Rosário Araújo, origens de Ana Maria, minha mãe.

Querendo ver, afaste-se. Desaproxime-se o quanto puder. Ande pelas estradas interiores até que se esgarcem as fibras do cordão umbilical.

Vê-se melhor quando é cumprido o distanciamento que o juiz impõe às partes.

Querendo saber, esqueça.

Desaproprie-se dos postulados que as vivências desenharam em seu entendimento.

Sabe-se melhor quando conduzido pelo conflito dialético que não permite a reificação do que se imagina ter vivido.

A soma dos dias tem o hábito de alterar os fatos, recobrindo-os com a cera que desfigura o rosto do passado.

Pergunte-se. Mas não se apresse em encontrar a resposta. Estar prenhe de conjecturas mantém acesa a curiosidade que põe sangue em nossas veias.

O viver alinhavado pelo excesso de esclarecimento pode impor obtusão à nossa capacidade de perceber o inédito de cada tempo.

Desventrifique-se, ande ao redor da senhora que lhe deu a hospedaria inaugural.

Olhe sem julgamentos para o rosto que primeiro decorou o seu. Desobrigue-se das compreensões distorcidas que dificultam o desvelamento da verdade.

Há um magnetismo irrenunciável em todo encontro, quando acontecido pela primeira vez. Reconstrua-o.

Esqueça-se do que dela você já sabe, do que dela você já entendeu.

Veja a sua senhora como quem se dispõe ao detalhismo de uma pintura de Caravaggio. Leia as suas linhas como quem lê uma minuciosa descrição de Marcel Proust.

Faça como o personagem que andou em busca do tempo perdido. Molhe a madeleine no café com leite e viaje pelos caminhos que a reminiscência lhe sugerir.

Depois retorne, abrace a memória já perdoada, permita-se o choro que lava o passado nas águas do presente. E, já estando em perfeito acordo com as dores que colocam neblina sobre a lâmina dos olhos, veja como é linda a sua mãe.

Fábio de Melo

“Mãe, nascerás sempre
na pedra em que te escuto:
a tua ausência, meu luto,
teu corpo para sempre insepulto.”

Mia Couto

Depois que morre a minha mãe,
morre também a minha obrigação
de ser feliz.

1.

A VIDA É CRUEL, ANA MARIA. DESDE SEMPRE.

O seu firmamento nunca foi de organdi. Tão menina e já estava privada de viver suas inocências, de desfrutar da puerilidade dos primeiros anos; de reverenciar o lúdico, porque já nasceu agrilhoada ao chão da dureza, condenada ao degredo que silencia a intenção de dizer. Já na primeira infância você conheceu o gosto dos exílios, dos açoites existenciais que amedrontam a identidade, das imposições que amordaçam as intuições.

Da crueldade da vida você sempre soube. Tão logo o seu juízo ocupou o lugar que a razão constrói, você passou a saber. Em segredo de confissão, mas soube. O santo sinal da cruz sacramentou em seus lábios a condenação ao silêncio. A prática devota de sua religião selou sua boca com o manto da resignação. Sabia, tudo via, intuía, decifrava, mas não dizia a ninguém, porque se comprometeu, diante do Crucificado, de cumprir, piamente, como Ele, a sua sina de sofrer calada.

Embora vivesse coberta pela cera da resignação, guardava em si uma esperança miúda, como quem guarda um filho no ventre, esperando a hora de vê-lo nascer, irromper a carne de sua constituição, desafiando os Herodes que estão sempre com a faca nas mãos, prestes a exterminar os seus rebentos.

Esperança de quê? De transitar com mestria pelos ocasos da existência? De sobreviver às horas do risco, quando a noite põe obstáculos à sentinela dos que guardam as chaves do seu cárcere?

O desassossego da alma foi a grinalda do seu vestido. No dia em que você se casou com a vida, o adorno que estava em suas mãos era o medo. Nem festa houve. O grito da luz e o susto de saber-se viva, inacabada, indigente, dependente, cria de uma mulher doída, quase doida de tão doída. O partejamento em casa, à sombra de velas, água morna na bacia, toalhas improvisadas, parteira dando ordens de comando, enquanto as contrações de novembro lhe expulsavam do ventre de Mariquita, a Maria do Rosário dos delírios, dos desvarios, dos conluios, das imposições, das chantagens travestidas de amor. A Maria do amor bruto, do olhar que desnudava a alma de quem era encontrado por ele. A Maria, sua mãe, sua origem, matriz, seu algoz, sua dor e seu amor.

— Nasceu! É uma menina! — gritou a parteira. O sexo feminino soava como decepção, constrangimento que quase ninguém fazia questão de disfarçar. A quebra da expectativa por um menino transformava a lamúria em falsa resignação, oportunizando a beatificação da hipocrisia, da manifestação das resoluções que jogam nas mãos de Deus, o que é essencialmente desconsolo humano.

— Deus sabe o que faz, comadre. O importante é que ela cresça com saúde, longe da perdição.

Ou então, por solidariedade que brotava do nada saber dizer, se encorajavam os pragmáticos, postulando suas convicções tão profundas quanto um veio d'água.

— Menino dá menos trabalho, exige menor vigília, mas é só criar a bichinha na rédea curta!

Mas você estava ali. Corpo feminino irrenunciável, presença que impunha aos outros a urgência de ser por eles assumida.

Você não foi nem bem-vinda nem mal-vinda. Vinda! Sem prolegômenos, rituais e liturgias. Mas linda. Olhos verdes, vivos, colocados num rosto perfeito, desenhado à sombra de uma ancestralidade mestiça, misteriosa feito a vida. Um mínimo de corpo, uma insuficiência física a gritar por auxílio materno. As indigências

Socorremos a indigência alheia
porque ela é um espelho onde
nos vemos. A condição humana
comporta vertentes diversas.
O resultado é o mesmo, mas a
gênese se difere. A sobrevivência
nas primeiras fases da vida
só é possível porque despertamos nos
outros culpa e compaixão.
Há os que se dedicam porque
se compadecem, mas há os
que se dedicam porque não
querem se sentir culpados.
Eis as forças motrizes que
movem os que administram
as nossas insuficiências: culpa
e compaixão.

de um recém-nascido urgem, clamam por diligentes intervenções, por isso eram socorridas pelos que estavam próximos, pelos que se dispunham a lhe oferecer uma migalha de dedicação.

A miséria do outro nos afeta, Ana Maria. Cuidamos por instinto, nem sempre por amor, porque a insuficiência que lateja diante de nós expõe a que lateja dentro de nós. No rosto do desfigurado eu vejo o meu. O que nele se desconfigura também se desconfigura em mim. É o primeiro estágio da compaixão, quando ainda não há liberdade nem escolha. Socorremos a indigência alheia porque ela é um espelho onde nos vemos. A condição humana comporta vertentes diversas. O resultado é o mesmo, mas a gênese se difere.

A sobrevivência nas primeiras fases da vida só é possível porque despertamos nos outros culpa e compaixão. Há os que se dedicam porque se compadecem, mas há os que se dedicam porque não querem se sentir culpados. Eis as forças motrizes que movem os que administram as nossas insuficiências: culpa e compaixão. Nem toda adoção emocional foi solicitada por motivo nobre. Mas não há conflito. Somos essencialmente capazes de revestir nossas experiências com o romantismo que nos priva de chegar ao cerne da verdade.

Foi por culpa, mas pareceu amor. Foi movido à obrigação, mas a sobrevivência foi garantida. E nem notamos, pois a obrigação pode ter o rosto da compaixão. Depois, com o tempo, podemos evoluir para compaixões mais elaboradas, quando o ser gratuito que nos habita consegue vestir a pele do que necessita diante de nós e amá-lo. Ou não. Com você não foi diferente. A sua presença naquela casa alvoroçou os controversos horizontes de cada pessoa que a recebeu. Você despertou compadecimentos. Ou culpas. Cada um ofereceu o que estava ao alcance de suas aptidões. A culpabilidade também balança o berço, troca fraldas, amamenta, dá banho, põe para dormir. É sob o fardo da culpa que assumimos vínculos, assinamos acordos, fazemos doações, oferecemos colo, abraçamos o insuportável.

Sua chegada ao mundo foi num dia de primavera, florido de avencas, margaridas, gerânios, dálias. O corpo frágil de sua composição oferecia aos que a observavam um sorriso melancólico, triste. Desde menina foi assim. A cera da tristeza se sobrepondo ao semblante, escondendo, confundindo, mimetizando, sedimentando camadas de abandono sobre as linhas delicadas do seu rosto.

A nudez de sua pele foi coberta pelo manto da resignação, resultado de uma educação que nos predispõe ao não, moldada a partir de negativas que a deixavam à margem, pronta para partir, mas nunca incluída no rol dos que partem. Você sempre ficou. Sina de ficar. Condenação inscrita nos avessos da carne, âncora existencial que lhe prendia ao chão, alicerçando os seus pés na mesmice.

A infância pobre educou o seu espírito à conformidade. Sabia-se presa ao recanto escuro das impossibilidades. Enquanto crescia, a indelicadeza da existência lhe impunha um fardo que foi levado vida afora, mas sem o direito de dizê-lo, narrar os contextos sombrios de sua opressão, porque construir a narrativa do sofrimento requer destreza com os mecanismos que interpretam as mágoas. Você não os tinha. Nem podia pagar para que alguém o fizesse por você. Sendo assim, o silêncio colonizou a sua alma.

A carência de pessoas fez germinar e desenvolver a sua relação com os santos. Não podendo contar com quem podia ser visto com os olhos humanos, depositava sua confiança em quem só podia ser visto pelos olhos da fé. Desde menina você aprendeu a se virar com eles na resolução dos seus conflitos. Recorda-se do imbróglio que Nossa Senhora das Vitórias resolveu para você? Para aumentar os rendimentos, Mariquita, sua mãe, lavava roupa para fora, como dizem em Minas. Após lavar e passar as roupas de uma das clientes, pediu que você fosse entregar a encomenda.

Embora você fosse pequena demais para as dimensões do embrulho, lá foi você cumprir a função. Depois de entregue, ao voltar para casa, sentiu-se cansada e resolveu sentar-se numa calçada. Após alguns minutos, já se sentido mais refeita, começou a fazer o caminho de volta. Quando já estava quase chegando em casa, sentiu um vento frio na barriga. Recordou-se de que havia esquecido, no chão em que se sentara, o envelope com o dinheiro do pagamento da cliente. Apavorada, pois sabia das consequências que a perda lhe traria, voltou correndo e implorando que Nossa Senhora das Vitórias não permitisse que ninguém o encontrasse.

Chegando lá, o envelope continuava no mesmo lugar. Uma grande graça alcançada. A santa evitou a surra que certamente sua mãe lhe daria.

Quantas marcas de abandono você traz na alma, Ana Maria. Mas como tudo isso a tornou bela! Sim, a beleza nos alcança pelos braços do desamparo. Ele é o vinco que o rosto precisa para não parecer prematuro. Pelos braços deste senhor é que nos chegam os benefícios da melancolia, dos atributos que nos tornam atraentes, o mover da mão que provoca sombra nas bordas da alma.

Somos tão insuficientes. Já nascemos avassalados pelos limites. E assim crescemos. É nódoa que trazemos no espírito, arroxeado que o destino derrama nos lábios, colocando uma gotícula de lágrima na luz do sorriso. Ao longo da vida vamos recebendo outras. As manchas temporárias, as normativas, filhas dos processos que nos educam, deseducam. As que nos chegam de dentro, gestadas pela consciência que também abrange o que não sabemos dizer. As manchas que nos chegam de fora, provocadas pelos que nos olham, pelas palavras que nos bendizem, maldizem, cortam a laje do entendimento e se transformam em memória.

O desamparo nunca termina. Vejo em seus olhos o retorno das necessidades da infância. Estão todas à flor da pele, com suas malas nas mãos. Vieram para ficar. Ou nunca se despediram, não sei. É provável que tenham sido adotadas pela mulher crescida que o tempo partejou. As idades não nos deixam, Ana Maria. Apenas se acomodam nos recantos do corpo. Deitam suas ansiedades, dormem suas euforias, anestesiam suas insistências. Depois, envolvidas pelo sono que o inconsciente embala, esperam o renascimento, com paciência monástica.

Tudo é cíclico. De repente, a criança é acordada, mas já está presa nas carnes da anciã. Quer correr, dançar ciranda, brincar de cabra-cega, mas o corpo artrítico não suporta estripulias. E, então, ela chora lágrimas infantes, mas derramadas por olhos vetustos. A lágrima atual tem comando antigo, advém da idade morta que não obedeceu ao sepultamento. A criança vocifera os medos que sente, mas com voz anciã, reclama com redobrada coragem o desconsolo de saber-se só. Mas sob a sombra de um disfarce, num pranto que não reverbera. Não chora aos outros, mas a si mesma, culpando-se, receosa de contar aos outros o que o choro solicita, pois sabe que o tempo de prematuridades já prescreveu.

A consciência adulta trava o grito da menina. E tudo nela é sufoco e insegurança. Mas, quando a carne antiga é cercada de amor, as necessidades da infante impregnam de charme o ser que clama, que necessita. Desfruta de constante estado de bem-aventurança quem envelheceu sendo amado, Ana Maria.

Eu sempre andei pelas veredas de suas idades abscônditas. Por amá-la tão simbioticamente, muitas vezes ultrapassei suas saias compridas, suas habilidades adultas, seus comandos de bravura, e ali, sob os esconderijos de sua indomada forma de ser mulher, varei suas carnes, seus ossos, seu sangue, chegando à menina de vestido de chita, mirrada, cabelos castanho-claros, pobre, sem sapatos, envergonhada por ter de vender chouriço pelas ruas da cidade. A menina que trabalhava na perfumaria Irba, que vendia o sabonete que não podia usar, a quem nunca foi dada uma boneca, do mundo inalterável, da rotina sem movência, que teve a alma marcada com os selos da conformidade. A ela eu dedicava amor. Não à minha mãe, mas à menina que ainda guardava os óvulos em si, filharada inteira em condição de semente. E a via, tão Aninha, tão sem dono, tão a esmo, tão entregue à sorte de ser de si mesma. E, num esquecimento temporário das atribuições que a hierarquia do parentesco estabelece, eu a amava como se fosse minha filha. Desmoronava-se o filho, erguia-se o pai. Desmoronava-se a mãe, erguia-se a filha. Tudo num varar de saias, romper imaginário das idades que abrigamos em nós.

Nunca somos só quem somos. O eu se derrui, dilui-se num movimento remansoso, aninha-se em outros, vira multidão. Uma urdidura que compõe o que fomos e o que não fomos. A memória é a pousada onde se hospedam os outros de nós. Nela se perpetuam os restos do que deixamos de viver, pois nunca findam os detalhes do que não alcançamos. E, então, a negativa da vida passa a ser o avesso de nossas conquistas, como se o tecido que aos olhos se dá estivesse sustentado por inúmeras camadas de outros que não se mostram, insinuando-nos que a identidade nunca se sujeitará aos postulados da razão. Só a poesia pode descrever as multidões que somos.

Nossos mundos ocultos, Ana Maria. Nossas vielas não frequentadas, rotas secretas de uma cidade cuja praça principal é o rosto que temos. O que temos? É honesto dizer que tudo o que não pudemos viver ainda nos pertence? O negado continua desfrutando de imperiosidade? O desejo não realizado, a expectativa prescrita, a renúncia que nos retirou do caminho, o que deles ficou no ermo dos desacontecimentos? Tudo isso fica na soma de nossa constituição? Certamente. Talvez seja mais um traço da crueldade da vida. Precisamos velar o que restou de nossas escolhas. Desdobra-se a condenação de nunca poder esquecer o que não foi escolhido. A lei da vida: o que deixamos de viver não se despede de nós, mas permanece à beira dos caminhos, nos perguntando toda vez que consegue recrutar a nossa atenção: e se?

Ah, é um martírio. Das escolhas brotam sombras. Nem tudo sepultamos. Não é sempre que o tempo nos concede o indulto do esquecimento, o manto que recobre de silêncio as vozes que nos apontam os sobrados de outras possibilidades, as prováveis edificações, os alicerces inacabados, os cadáveres que nos espreitam, à espera de sepultamento.

De vez em quando o entendimento polvilha luz sobre os descampados onde jazem as possibilidades renunciadas, monturos de amores, espectros dos que foram deixados para trás. Ergue um palanque, reúne os deixados, e amplifica o que eles querem dizer às estruturas sobreviventes.

Todas as idades estão em nós. E elas nos espreitam. Sedimentadas, inconscientes, vivas, ao alcance de um relembramento. Elas nunca são finalizadas completamente. Sob a camada do rosto atual, muitas outras coabitam. Um descuido e elas nos reassumem. É um esforço sobre-humano tentar detê-las, impedi-las de derramar sobre as feições de hoje as feições do passado. Viver também é desviver, Ana Maria. E mesmo quem não sabe disso desvive sem saber.

2.

NÃO CHORE, ANA MARIA. OU CHORE, NÃO SEI.

É pretensioso ter o comando das emoções alheias. Ao pedir que não chore, eu o faço por medo. Seu choro chora dentro de mim. Uma dor que vai acordando outras dores, colocando deságue nos leitos da memória, criando rios e inundações.

Ao pedir que não chore, o que eu peço é que me proteja. O que quero é um cobertor sobre a minha indigência emocional. Tenho medo de seu choro. Pela sinergia que nos une. O seu sofrer é um rio que transborda em mim. O todo de sua dor é derramado no estreito de minhas margens. Deixo de caber onde antes cabia.

Um êxodo que faço toda vez que percebo o desassossego assumir as rédeas de sua alma. Eu me desloco, descarrilo, saio dos meus caminhos, ultrapasso a distância de nossas fronteiras, perco a habilidade de entender a nossa diferenciação. Centrifugados pela dor, renuncio à minha individualidade, deixo de ser só quem sou, passo a ser com você. Nossa indivisão. Movimento que nos aproxima da teologia cristã, da convicção de que o rito eucarístico nos configura plenamente ao Cristo. A configuração se expressa nas preposições da doxologia: *Por* Cristo, *com* Cristo e *em* Cristo. Eu choro por você, com você e em você.

Como naquela noite, Ana Maria, fatídica noite. Depois de desfrutar da tribuna de honra do Theatro Municipal do Rio de Janeiro, seu corpo ficou caído na calçada, à beira da escadaria lateral. A mulher da tribuna, a homenageada, a elegante senhora que me olhava no palco, devolvendo-me as proteções do ventre, capaz de me salvar de todos os perigos do mundo, de repente, ali, fraturada, doída, incapaz de ajeitar sobre as pernas a barra rendada do vestido.

Eu me recordo, Ana Maria. Quando cheguei, o seu olhar me abraçou. O que os braços não podiam, os seus olhos fizeram. Mais de uma hora ficamos ali. Nosso amor sob os embaraços da burocracia de um país que não funciona. Nós dois. Só nós dois, embora uma pequena multidão se reunisse ao redor, desejando nos abraçar com os cuidados que a solidariedade permite.

A mulher na tribuna, a mulher na calçada. Não havia diferença. A mesma. A grandeza de alma não escolhe lugar para acender seu brilho. Depois do resgate, o hospital. Nós dois naquele corredor vazio, imenso como nossa dor. Um departamento desativado, em que só havia uma máquina de radiografias. Um único senhor para todo o serviço. Colocar na máquina, tirar da máquina. Uma sucessão de procedimentos sem valia, enquanto o seu corpo, sem suportar nem mesmo o toque de um dedo, sofria os resvalos que ordenavam o seu grito de dor. O choro de sua voz varava as paredes da sala, ganhava o imenso corredor vazio. Mas era dentro de mim que ele construía as cavas onde mora até hoje. Por fim, concluindo que não poderia realizar o exame sozinho, ele resolveu aceitar a ajuda que eu já havia oferecido.

Três vezes foi necessário retirá-la e recolocá-la no aparelho. A cada movimento, o seu grito de dor. Mas, logo em seguida, o seu olhar para mim. O que sempre dizia:

— Fica calmo, vai passar, Fabinho, vai passar.

Uma inversão, Ana Maria. Uma absurda inversão. Mais uma vez a vida nos recolocando no dia 3 de abril de 1971, Sábado de Ramos, às 11h15 da manhã, quando, pelas suas dores, eu iniciei a aventura de ser quem sou. Sua mão segurando a minha, como pela primeira vez, mas naquele momento, diante de um homem estranho que

Se retirássemos as vestes
sagradas de nossas intenções,
se expuséssemos a fáscia que
recobre a nervura de nossos motivos,
o que sobraria pouco
sabe sobre a gratuidade que
o amor solicita.

nos via chorar em silêncio, experimentando uma comunhão que só os ritos religiosos podem sugerir.

Por Cristo, com Cristo e em Cristo. A doxologia cristã também cabe aqui, neste amor humano que nos costura com motivos eucarísticos. Por Ana, com Ana e em Ana. A sua angústia me expõe, faz comigo o mesmo que você fazia quando debruçava as roupas ao sol, desejosa de que ele evidenciasse e quarasse nódoas e amarelados. Ao lhe pedir que não chore, peço, pelo avesso das palavras, que não me faça chorar também, que não me exponha ao desconforto do amor, ao sentimento ambíguo que me faz desejar o seu bem-estar, para que o meu seja preservado.

Puro egoísmo, eu sei. Mas o que sobraria de nós se expuséssemos os avessos do que sentimos? Se retirássemos as vestes sagradas de nossas intenções, se expuséssemos a fáscia que recobre a nervura de nossos motivos, o que sobraria pouco sabe sobre a gratuidade que o amor solicita. Não suportaríamos saber quem somos, não toleraríamos conviver com a crueza de nossas intenções. A consciência não suporta a verdade. Bem melhor é resguardar o segredo. Quando peço que não chore, exponho a minha inaptidão em lidar com a sua fragilidade.

Mas o amor não deveria ser o contrário, permitir que o outro seja exatamente quem ele consegue ser? E sempre há virtude, ainda que o nosso pessimismo antropológico nos faça pensar que tudo o que sentimos deriva de nosso instinto de autopreservação. A sua dor realmente me fere, pois a condição que nos unifica pacifica todo egoísmo, levando-me a querer sentir a sua dor, a sofrer as suas fraturas, a singrar o mar do seu desvario. Sim, eu trocaria de lugar, Ana Maria. Eu aceitaria a fratura ser em mim. Eu assumiria a sua carne machucada, a dor lancinante de cada movimento. Eu me disporia a ser vencido pelo desalento de seu tropeço, a protagonizar o desequilíbrio de sua queda, a ter nos meus pés o movimento claudicante de suas sandálias. Mas quereria com uma condição. Que você permanecesse ao meu lado, ajudando-me a passar pelos corredores escuros de nossa vida.

3.

QUANTA CRUELDADE CABE NUM AMOR FILIAL?

O amor nos enriquece, mas também empobrece. Restringe, embrulha a axiologia do mundo inteiro e o faz caber no espaço diminuto de um interesse. Escuto o seu coração batendo e descubro que minha felicidade depende desse frágil movimento. Que mistério estranho é esse amor, que faz com que vínculos grandiosos dependam de mecanismos sujeitos a falhas. Quão delicada é essa costura que nos condiciona. Uma interrupção do ritmo cardíaco e o nosso mundo se desfaz em incêndios, dilúvios, tremores, retorno ao caos das origens.

Por acaso o nascimento nunca termina? Ainda que as contrações de seu corpo tenham me expulsado de suas carnes, mesmo assim nós ainda moramos um no outro. Não há distância que seja capaz de apartar de sua mãe o corpo filiado. Simbiose que traz conforto, mas também condenação. Tudo ao mesmo tempo, como as pontas de uma fita que se unem para que o laço seja possível.

Sente-se ao meu lado. Faz tanto tempo que não a tenho tão perto. Sua fragilidade me exaspera, mas também me encanta. Cada vez mais. Estamos vivendo o destino inevitável da inversão de papéis. O menino torna-se o pai de sua mãe. O mundo fica de ponta-cabeça, e nós descobrimos graça na inversão, saboreando a desordem, comendo e bebendo a vida que o ventre do tempo nos entrega. Faço advertências, peço disciplina, ponho para dormir, ajeito o cobertor sobre as pernas, reclino a cadeira, ligo a televisão, reconfiguro o controle remoto, cubro nele as funções, deixando somente à sua disposição o botão de "ligar e desligar"; digo que não pode mexer nos outros dispositivos, escuto suas desculpas, finjo que acredito que quem mexeu e desconfigurou a televisão foi a alma de uma freira, morta em 1917, com a missão de infernizar a vida dos velhos; rimos da história, beijo sua testa, faço você beber um copo d'água, para que não faleçam os rins de secura, e ainda ouço o desaforo:

— Não pode trocar a água por um chocolate quente?

Nossas diferenças se avolumam com a proximidade. Você e sua obsessão por alimentos saborosos, hidrogenados, enlatados, saturados, enquanto eu, também adepto dos mesmos gostos, mas em processo de constante conversão, dedico-lhe o meu olhar vigilante, espartano, devidamente justificado de que a minha vigilância é para resguardar sua saúde.

— Abacate, minha querida, mas sem açúcar. Linhaça. Salada, muita salada. Poucos carboidratos.

Sua pergunta de sempre:

— O que é um carboidrato?

Explico pela milésima vez. Você sorri e diz carinhosamente:

— Verdade, gente, você já me explicou.

Eu continuo a cantilena nutricional moralista.

— Fibras, muitas fibras. São fundamentais para o bom funcionamento do organismo. Uma castanha-do-pará antes de dormir.

— Só uma? — A sua pergunta é mais pela graça do que pela resposta.

— Sim, só uma, caso contrário você deixará de caber na cama. Para elevar o bom colesterol.

A voz grave, o rosto sisudo, o conjunto de um homem que você colocou no mundo, educou, viu crescer, querendo acreditar nas bobagens que dizia. E você, sob a tutela de uma delicadeza que só os nobres possuem, me observava, obediente, como se fosse uma menina que nunca desfez um laço nos cabelos sem a anuência da mãe, forjando uma compreensão que nunca lhe foi possível.

Ao querer inseri-la no exigente processo da reeducação nutricional, havia uma incongruência que só você percebia, mas em silêncio. Boa parte da sua vida foi vivida com restrição alimentar. A pobreza foi castigadora. Família grande, poucos recursos. Mas nós dois estávamos noutro momento da vida. Eu podia lhe oferecer as coisas boas da mesa, os sabores que você sempre desejou provar. Mas não. Esquecido de suas fomes, de suas restrições, de suas vontades não cumpridas, eu passei a monitorar a sua alimentação como se ainda lhe restasse viver mais cinquenta anos.

Eu insistia, repetia as regras, falava do valor de cada uma delas, enquanto você, ali, diante de mim, aquiescia cada sílaba de minha ladainha, fingindo decodificar a sabedoria do meu conselho, concordando, permitindo o exercício de minha vaidade, de ser dono daquela verdade, levando-me a acreditar que eu estava coberto de razão, que uma fatia de abacate sem açúcar mudaria radicalmente o destino de sua vida.

Você não me desafiava, fingia compreender o motivo de minhas exigências. Não contestava, cedia diante da irrefutabilidade dos meus argumentos. A tudo você ouvia com o balanço do rosto, em concordância, como se fosse uma conventual que desfruta do ápice do motivo místico de sua entrega, serva, submissa, esponsal, recebendo as sábias instruções de um bispo, ou uma superiora, aquela gente que, por desordens emocionais não curadas, fragilidades não santificadas, fazem questão de que todos pensem que eles não sofrem os martírios das dúvidas, pois tiveram acesso ao pleno conhecimento da verdade. Embora você tivesse recursos para me desmascarar, por amor você não o fazia. Naquele momento, mais uma vez, você demonstrou o profundo respeito que tinha pelas minhas ignorâncias.

Estávamos em acordo. Eu propunha a dieta restritiva, você concordava com ela. Mas, no fundo, no recôndito de sua alma, eu sei que estava garantida a sobrevivência de sua absoluta indiferença. Era sua especialidade, eu sei. Sobreviver às contrariedades com um sorriso desenhado nos lábios. Enquanto o rosto me olhava e prometia disciplina, a alma transgressora – criada sob a tutela das inúmeras restrições – que nunca a abandonou gritava impropérios à fatia de abacate sem açúcar, à salada, à torrada, à farinha de linhaça, ao creme de aveia, à solitária castanha-do-pará. Mas os dois dissimulavam. Amorosamente dissimulados. Fingíamos bem. Eu, no papel de tutor exigente, você, no papel de tutorada obediente. Dois fingidos que se amavam.

Agora, enquanto lhe falo da disciplina alimentar, recordo-me de uma confissão sua, sim, contada ao padre que eu ainda não era. Contada ao filho mais novo, ao adolescente que morava no seminário de Lavras. Uma história triste, de cortar o coração. Vou contar e você se lembrará.

Àquela época, seu único rendimento era a pensão herdada, depois da viuvez. Um salário mínimo. Mínimo demais para permitir estripulias. Uma vez a cada dois meses, após sair do banco que lhe oportunizava o recebimento do provento, cedendo a uma estripulia do desejo, voltava a ser menina. Passava na sorveteria Glaciê, comprava uma bolinha de sorvete de abacaxi, sentava num cantinho, deitava a toalha branca inexistente sobre a mesa imaginada, reunia o que de si andava triste e cerceado, e lá realizava a liturgia do seu prazer solitário.

O paladar adormecido pela rotina do arroz com feijão acordava, entrava em estado de alerta. A língua despertava as alegrias do corpo. Os açúcares convocavam a ciranda das sinapses, e tudo passava a dançar dentro de você.

Oh, Ana Maria, quanta alegria cabe numa bola de sorvete. Ainda que de dois em dois meses. Você me disse que contava nos dedos para chegar o dia. Não podia ser todo mês. Alegria bimestral. E agora que você pode, que nós podemos, eu lhe imponho a mais cruel escassez. Agora que os recursos não nos faltam, e o paladar, contrariando a idade do corpo, ainda é jovem, vigoroso, desejante, repleto de preferências, venho exigir e vigiar a sua disciplina.

Pudesse eu obedecer à sinceridade dos meus desejos, pudesse eu esquecer o medo de que a gordura hidrogenada obstruísse

Porque, ainda que creiamos
na eternidade, Ana Maria, o
momento presente é a única
vida que da vida temos.

definitivamente as artérias do seu corpo, eu abriria potes de sorvete, quilos de doce de leite, fatiaria queijos, goiabadas, cremes, e, num ritual de felicidade transgressora, elevaríamos a glicose, o colesterol, o triglicéride, a alegria, como se o temporário da vida por si só já nos bastasse. A vida e o que dela temos. Nenhuma previsão de futuro, nenhuma expectativa ludibriando os nossos sentidos, nenhum entorpecimento anuviando os olhos do espírito. Todas as compreensões acesas, todos os equívocos esclarecidos, todos os medos exilados, todos os conflitos pacificados.

Nós dois vivos, em pleno acordo com o tempo. Presentes, pragmáticos, alicerçados na irresponsável, mas libertadora, compreensão de que a vida é só o que dela estamos recebendo. Sem passado, sem futuro, apenas o instante que nos envolve, convidando-nos a rir ou chorar. O doce e sua ancestral capacidade de fazer sorrir. O queijo e sua milenar habilidade de nos prender aos úberes de tudo o que reconhecemos materno.

A mesa posta, a toalha branca, pratos e canecas esmaltadas, como no passado. O branco vivido, já partindo, deixando o escuro da ferragem à mostra. A vida hodierna que o passado nos deu e só. Sim, a vida presente, o embrulho que acomoda o mistério que se manifesta no agora que temos e nada mais. Porque, ainda que creiamos na eternidade, Ana Maria, o momento presente é a única vida que da vida temos. Mas temos? Depende. Se estivermos conscientes, em pleno acordo com os olhos do espírito, sim, caso contrário, nem com ele, o presente, nós podemos contar.

Nossa pobreza nos fez criativos. O acesso negado à realidade nos aguçava a construir soluções frutuosas. Não é deste ventre que nascem os poetas? Tudo o que hoje tenho me foi dado pelo que me foi negado, Ana Maria. As negativas abrem clareiras dentro de nós. E há duas formas de reagir a elas: tornando-me um poço de rancor ou tornando-me um grato desbravador.

Recorda-se da escassez que vivíamos em Piumhi? Os poucos recursos não supriam as necessidades de todos. Você descobria formas de multiplicar o pouco que tínhamos. Nossa casa alugada ficava entre duas casas de famílias abastadas. Uma pobreza espremida num beco estreito. À hora do almoço, sentíamos o cheiro de bife dos dois lados. Você ria, refogando a taioba, enquanto me dizia: — Vamos fritar o nosso bife também! — Havia tristeza, mas sob o disfarce do humor.

Não havia rancor. O que havia era a contrição com que sua religião pavimentou as estradas dos seus entendimentos. Embora eu não participasse da mesma mística, pois não havia recolhido dos altares os mesmos milagres que você, eu guardava a minha tristeza na gaveta de minhas dissimulações. Enquanto os lábios corroboravam que era possível encontrar na taioba o mesmo prazer que encontramos na carne, a lágrima da indignação corria seca dentro de mim.

Um dia você descobriu, num bairro afastado, um estabelecimento que descascava e vendia arroz. Certa de que os preços seriam melhores que os do supermercado, lá fomos nós dois atrás de economia.

Após ver todas as opções, avaliando o que caberia em seu bolso, pediu ao atendente que pesasse cinco quilos de quirela de arroz. Sem saber que estava prestes a nos causar um constrangimento, o atendente perguntou:

— Para dar aos porcos?

Sem baixar a cabeça ou sentir-se diminuída, você prontamente respondeu:

— Não, moço, é pra nóis comer! Olha o meu leitãozinho aqui — e apontou para mim.

Consternado com a resposta, vi a lágrima brotar nos olhos dele. Sem dizer uma única palavra, ele pegou o saco de papel e o encheu com o melhor arroz que estava disposto nas caixas de venda a granel. Você não sabia como reagir. Foi surpreendida pela compaixão do atendente. Agradeceu, disse que Deus iria recompensá-lo.

Nunca mais voltamos, pois temia que ele pensasse que você pudesse esperar que ele repetisse o gesto. Quem passou a ir comprar a quirela, sem dizer que era para o consumo humano, foi a Cida.

Nosso almoço era quirela com taioba. Quase todo dia. Taioba que crescia no fundo do terreno da casa que alugávamos, feito esperança que cresce no desaviso, quando as sombras da tristeza ofuscam o presente, mas não retiram dele a teimosia que nos põe para sorrir.

De vez em quando eu escolho comer quirela com taioba, Ana Maria. Não porque me falta o recurso para comprar o bom arroz. Eu como porque preciso mastigar o passado, triturar os resíduos da tristeza, da falta. Eu como para impor à carência o ácido corrosivo da digestão emocional. Eu como para recobrar o valor da simplicidade, ressentir o gosto da escassez criativa. Eu como para fazer memória à vida que vivemos, para reentrar na casa alugada, reconstruir aquela hora do almoço, colher a taioba, sentir o cheiro do refogar da quirela, ouvir sua piada triste e ser capaz de colher graça na graça do seu disfarce.

Eu como, Ana Maria, porque só posso saber quem sou quando sondo os caminhos que me trouxeram até aqui. Há rituais que nos ingressam na essência, abrem a caixa de Pandora, permitem o regresso ao ponto de onde converge o que interpretamos como irrenunciável, o que de nós não pode ser negado. Os ritos nos recordam quem somos.

4.

SUAS MÃOS SÃO BONITAS. A IDADE DESSES DEDOS CORRESPONDE AO QUE CONHEÇO DO AMOR.

O sentimento se desdobra em múltiplos ciclos de cotidianas dedicações, ações que deixam lastros que sentimos e percebemos. A roupa limpa, guardada na gaveta, sacramentava a maneira ritual com que cuidava de mim. Via-se a movência do que consideramos espiritual quebrar a vitrine da realidade, e o amor andando de um lado para o outro, nunca vencido pela sua lida interminável.

Os movimentos do bem-querer materno atravessam o cotidiano, bordam com delicadeza a rotina que vivemos sem perceber. A escolha por nós, a eleição que nos fazia viver em absoluto estado de prioridade, estava declarada nos varais onde alvejava roupas e almas, na musculatura das coxas que flexionavam movimentos ordenados. A plenitude da maternidade, o rosto do amor na mulher banhada pelas águas do rio, vivendo o ciclo de ensaboar, esfregar, enxaguar e torcer, enquanto a voz cantava, acompanhada pelas vozes de outras lavadeiras, os cantos que até hoje você sabe de cor:

— Tu és divina e graciosa, estátua majestosa...

O seu amor lhe expunha às urgências de comandar um orçamento incapaz de ser suficiente para todos nós. Do não ter à construção de soluções. O fogareiro de serragem para cozinhar o feijão, a feitura do sabão de cinzas, que purificava corpos e objetos, o hábito de recolher esterco para a compostagem da horta, lugar que nos dava o que o dinheiro não podia comprar. O seu amor prático, gestual, desenhou a memória que alicerça a consciência que tenho de mim.

Depois que aprendemos a navegar pela terceira margem do rio, tudo é Deus. O ventre do mundo está em constante comunhão com a divindade que nos recria. Sendo assim, Ana Maria, em suas mãos térreas eu vejo as mãos divinas. O mistério da encarnação se desdobra. Toda mãe tem em si o rosto de Deus. Algumas o manifestam. Outras, não.

Como é bom vê-la assim. Tão divina, tão mãe de minhas mãos, tão filha de si mesma, tão mãe de tantos tempos, irmã de todos nós. Os nós dos dedos, a delicada arrumação de nervuras, músculos, carnes, sangue e ossos, estruturas fraternizadas num só funcionamento, materializando o afeto no mundo, dispensando-me a proteção que o gesto não esgota. Não há limites para o amor que suas mãos são capazes de tecer. Cozeram, lavaram, secaram, cozinharam, limparam, varreram, conduziram. Conheceram todas as envergaduras dos verbos que são movidos pelo amor. Suas mãos são bonitas porque viveram.

Quem pincela a beleza sobre tudo o que há é a vivência.

Suas mãos estão atadas ao gesto inacabado, ao afortunado deslocamento que proporciona – à alma oferecedora – derramar graças sobre a alma que recebe. É inacabado porque é divino, sempre aberto à continuidade, ao movimento que nos faz reconhecer o sagrado das imperfeições, e nos põe de joelhos diante da beleza do mundo.

Quem vive de estagnação é o diabo. Deus nos motiva a entrar no redemoinho das cirandas, a descobrir a grandeza do mundo no mínimo da vida, a soberana caridade, o valor supremo que o altruísmo ensina, a eternidade que o amor antecipa e que se mostra no temporário dos curativos que são colocados sobre os ferimentos da pele. As regras coincidem. Assim como a carne ferida reorganiza a recomposição dos tecidos, o amor desenha na alma as suas cicatrizes, costura as lembranças e as expõe ao sol do tempo. Ninguém poderá esquecer um amor que doeu. O que fere também cura. A natureza do amor é inacessível. E, por ser assim, tramitamos por ele sem saber ao certo o motivo que nos congrega. O precário não está privado de sentido. Ainda que maculado pelas estruturas de nossas necessidades, tal como um gotejamento frequente que desfaz o seco seguro de uma casa, o amor doente da maternidade é o que mais queremos.

Sob a imposição da indigência, porque tudo em nós chega ao mundo em absoluto estado de incompletude, o cuidado humano é o vínculo inaugural que nos possibilita viver. Coerente ou não, purificado ou impuro, o amor materno lança seus tentáculos sobre nossa alma e nos torna cativos. E, ao escolher cuidar de nós, dá-se início à edificação dos cativeiros onde crescemos em estatura, graça e apego. As dependências emocionais florescem quando satisfazem as nossas necessidades físicas. O cuidado salva o corpo, mas condena o espírito, amarrando-o nas dependências de um amor que nunca saberemos perder.

A nossa pertença é tão frágil! Veja sem escrúpulos, despida dos fardos que a cultura lhe impôs. Somos um do outro, mas em constante estado de medo. O desalento inconsciente, o cordão que nos une e nos separa ao mesmo tempo, produz a náusea que sentimos constantemente. O amor cresce à sombra da insegurança, pois nada do que conhecemos como humano é definitivo.

A vida é um novelo que se desenrola aos poucos. A ponta solta está sendo puxada pelas mãos do tempo. Enquanto amamos, somos comidos pelos dentes da cronologia. Tudo ela submete à tutela da impermanência. A qualquer momento o amante ou o amado pode partir. Múltiplas formas de partir. Pode morrer, pode sumir, pode escolher não ficar.

Claudicam os que amam, dividem-se as almas entre prazer e obrigação. Nem toda permanência é por amor. Não é incomum revestir sentimentos mesquinhos de virtude. Ficou por covardia, mas diz que foi por razão nobre. Somos especialistas em colocar mantos bordados sobre a carne pútrida, substituir por lembranças bonitas o que fizemos questão de obliterar.

Com o tempo, Ana Maria, o muito amar pode ter as mesmas proporções nocivas do ódio. Amamos tanto que nos enveredamos pelas exigências odiosas, colocando amarras nas mãos para que não procurem a chave da porta. Atamos âncoras aos pés para que não encontrem o caminho da fuga. Nossos cativeiros emocionais nos denunciam nos tribunais da vida. Amor e ódio frequentando as principais salas do coração, o átrio onde a alma se mostra aos que passam pelas ruas de sua freguesia.

Os outros nos veem e sabem que chamamos de amor o que por essência é neurose. Mas não é sempre assim. Há os que amam em profundo estado de inocência. Amor cristalino, feito água de nascente. Amam sem que estejam conduzidos pelo estatuto da insuficiência, obedecendo aos comandos das necessidades. Porque também somos sublimes. E também somos capazes de gestos conduzidos pela mais irrestrita liberdade. Há em cada um de nós um ponto onde Deus mora. Demora saber, descobrir, mas mora.

Ajeite esse manto sobre os ombros, Ana Maria. Está frio. É preciso fechar as portas por onde entram as agruras do corpo. Conforme avança a idade, a finitude se avoluma, a carne fica ressentida, tornando-se difícil suportar as inconstâncias do tempo.

Pronto. Agora, sim. Ombros cobertos e um sorriso nos lábios. Que retrato delicado nos daria esta cena. Tivesse eu o recurso da pintura e já a perpetuaria assim, nesses modos, nessa pose que esclarece a delicadeza de sua alma. Esse sorriso está bonito. Combina com o rosto bem desenhado que lhe deram. Tantos lhe deram esse rosto, não é verdade?

Bem mais do que o fruto de uma herança genética, o rosto é uma construção feita pelo mundo, pelas vidas que cruzam a nossa vida. Pelos que nos olham, pelos que nos evitam. Pelos que nos amam, pelos que nos desprezam. Pelos que nos recebem, pelos que nos expulsam.

O rosto é um mosaico que está em constante processo de montagem. Os vincos são filhos do tempo. Das dores, eu sei. Dos sorrisos também. As contrações musculares do rosto são desencadeadas pelas nossas emoções. Estão sempre recebendo os comandos da

As regras coincidem. Assim
como a carne ferida reorganiza a
recomposição dos tecidos, o amor
desenha na alma as suas cicatrizes,
costura as lembranças e as expõe
ao sol do tempo. Ninguém poderá
esquecer um amor que doeu.

alegria ou da tristeza. Um descuido da alma e a contração desenha o sorriso. A felicidade acontece no descuido, quando baixamos a guarda, dispensamos as expectativas, ou quando nos deixamos levar pelo torpor que nos retira da realidade.

Mas a felicidade exige de nós a plena consciência do que nos cerca. Guimarães Rosa escreveu que "felicidade se acha é em horinhas de descuido". Bonito, não é? Eu também acho. E ele parece ter razão. É quando não esperamos, é quando a alma se distrai, perde o controle, que a felicidade arromba a porta da sala. Os músculos que arregimentam o sorriso são os mesmos que explicitam a dor, o movimento que produz o artesanato da ruga, o ruir da elasticidade que cabe ao tempo realizar. Ele vai riscando o rosto com seu cinzel de prata. Embora sejam imateriais, tristezas e alegrias desenham delicadamente os vincos que põem idade no rosto que temos.

Os sentimentos nos ocorrem e imediatamente solicitam ser materializados nele, a cena da alma. As máscaras foram inventadas para que brincássemos de viver outras vidas. Um sentir falseado que nos distrai da verdade, da crueldade que admoesta os comandos da existência. Um outro rosto, colado ao original, uma sobreposição de vidas a permitir a dissimulação que nos faculta esquecer que viver dói, lateja, inflama, desorienta e dilacera. Deixemos o rosto, Ana Maria.

A crueldade da vida é um fardo que muitas pessoas carregam sem os recursos da sublimação. Porque sublimar só é possível aos que vivem em profundo estado de presença. Nem sempre estamos.

A sublimação é uma dádiva que só a educação espiritual pode nos conceder. Ela nos facilita chegar à multiplicidade de subterfúgios que somos capazes de criar, as rotas de fuga que nos oferecem uma terceira via. É tão sublime transcender, hospedar o dom de criar mundos paralelos, de reunir palavras que expressam o que não sabemos dizer, de esculpir gente de pedra, de madeira, de bronze. De pintar lugares e pessoas que só existem dentro de nós.

A arte é a religião dos livres, pois eleva a condição humana, mas sem exigir dela um comprometimento dogmático, uma adesão doutrinária. Não exige o pertencer em fluxo, o remanso comunitário que sempre oferece o risco de estratificação espiritual.

A arte estimula o passeio da alma, o sobrevoo que consente o descanso dela. É preciso sobreviver à consciência que temos da crueldade da vida. Somos especialistas em criar liturgias que amaciam os nossos calvários existenciais.

Uma mesa posta aqui, um bom filme ali, uma viagem bonita, uma estrada que nos devolve aos que amamos, e a gente vai esquecendo que é penoso viver. Anuentes que inventamos, unguentos que reclinamos sobre a ferida da existência. Mas para quem carrega a sina de viver em perfeito acordo com o tempo, os poetas, os sensíveis, os artistas, os filósofos, viver é dor constante. Mesmo na sublimação. Até quando somos felizes, a dor não nos deixa. O temporário esquecimento, o delicado torpor que cultivamos, nós o experimentamos em estado de tensão, dominados pelo alerta bíblico: "*Temos um tesouro em vaso de barro.*"

Sim, é de barro a proteção que oferecemos ao deleite que nos aparta dos efeitos da crueldade. Enquanto a massa se aliena, dançando os ritmos que privam o sistema nervoso central de refletir, os marcados com o sinal das cinzas se angustiam diante das perguntas que nunca os deixam em paz.

Quem condenou a minha alma à sombra dessa inadequação, Ana Maria? De quem eu recebi a informação genética que derramou melancolia sobre a piscina dos meus olhos? Presumo que seja de você. Mas meu pai também sofria de melancolia. Desde menino eu me sinto assim, sob o comando da inquietude, nunca satisfeito com a carne da realidade, constantemente impulsionado a retirar o opérculo do fato, a eviscerar a rotina, a questionar a mesmice que alimenta a náusea que me move.

Enquanto meus amigos ouviam as bandas que faziam enorme sucesso no mundo, eu ouvia Paulinho Pedra Azul. Fechado no quarto em que dormia, com meus irmãos, eu era diariamente rasgado pelos versos tristes do poeta que o frutuoso Norte de Minas deu à luz.

E lá vou eu nessa agonia
Levando a dor em minhas mãos
Fugindo igual a um bicho errante
Amargurado coração

Cantar, cantar, cantar
Viver, viver, viver
Criar penas de pássaro no ar

Voar, voar, voar
Sofrer, sofrer, sofrer
Amar, amar, amar você.

A voz profunda, melancólica, colocava minha alma diante de tudo que me oprimia. A arte destranca o enfrentamento. A voz que nascia do desenrolar tristonho da fita no gravador me acompanhava, pegava minha mão, mas também me abandonava, deixava-me perdido nos ermos dos meus conflitos.

O canto mavioso do poeta alargava os espaços do meu mundo emocional, como se inflasse um imenso balão que me fazia transcender, ocasionando-me deixar de pertencer à cena triste daquele pequeno quarto, passando a estar numa outra cena, triste também, mas impregnada pela beleza que a música me permitia recolher e experimentar.

Um dia, como quem percebera que havia dado à luz um filho que não recolhia alegrias como os outros irmãos, você, com extrema delicadeza, entrou no quarto, me olhou, sorriu e disse:

— Esse cantor canta triste, não é?

Eu concordei com sua observação. Você continuou:

— Você não acha que faz mal ficar ouvindo sempre?

Eu me calei. E você respeitou o meu silêncio.

Eu não sabia o que responder. Ainda hoje continuo sem saber. Devo dar alimento à tristeza, permitindo que ela me leve pelos tortuosos processos que oxidam as molduras do meu riso, ou devo evitar o que vai acordar e amplificar a minha irrenunciável desolação?

Quando fui submergido pela tristeza que a medicina considera patológica, precisei tomar remédios. Quando a eles me adaptei, desfrutando dos benefícios que me trouxeram, notei que estava distante de minha verdade, como se o precípuo de minha idiossincrasia tivesse feito as malas e partido. Não havia conflitos. Eu estava sempre bem. Equilibrado, centrado, paciente. Mas a um custo muito alto. A medicação havia ceifado a minha criatividade. Estava infértil, pois quem orquestra o nosso processo criativo é a melancolia.

Há pouco tempo visitei minha amiga Adélia Prado e falamos sobre isso. É justo medicar a tristeza de um poeta? Qual é o limiar que precisamos compreender como intransponível, o oculto, o território sagrado que jamais poderá ser violado? Cada um de nós asila em si o Santo dos Santos, o coração do templo, o reservado em que habita a pulsão que nos sopra inspiração.

Nem toda tristeza pode ser medicada. Aprendi. É importante saber o limite que a medicação precisa e deve alcançar. Depois que aplacou o desejo de retirar a minha vida, fui encontrando a dosagem que me manteria bem, mas sem me privar de andar pelos caminhos sombrios onde eu recolho o que me inspira, o que me toca.

Sim, você conheceu Adélia Prado. Foi significativo sentar à mesa com vocês duas. Tomamos um cafezinho na casa dela, recorda-se? Duas formas de maternidade. Você me deu a vida, a propensão a entender o que depois, pelos recursos de uma diversa forma de partejar, Adélia me dera. Com ela eu me habituei a compreender a sombra que meu ofício me traz. Conheci o trabalho dela quando eu fazia faculdade de Teologia. Não foi por meio dos livros. Um amigo tinha uma fita cassete, coisa antiga, não é? Ela declamando poemas.

Como dizemos na Filosofia, foi uma experiência de assombro. Fiquei profundamente impactado, metafisicamente movido. A voz de Adélia conferia ainda mais beleza às palavras. Eram poemas que descreviam rotinas, perdas, conflitos. As personagens estavam sob uma luz etérea, bonita, mas eram pessoas comuns. Feito eu, feito você. Desde então, a obra de Adélia me faculta uma rotina de constante desvelamento, como se as cortinas que cercam a minha identidade existencial caíssem aos poucos, facilitando o acesso ao meu manual de funcionamento.

Não é estar doente viver triste. É cumprir a sina, como a da postulante de seu poema.

> *Tenho natureza triste,*
> *comi sal de lágrimas no leite de minha mãe.*
> *O vazio me chama, os ermos,*
> *tudo que tenha olhos órfãos.*
> *Antes do baile já vejo os bailarinos*
> *chegando em casa com os sapatos na mão.*
> *O jantar é bom, mas eructar é triste,*
> *quase impoetizável.*
> *Deveras, não hás de banir-me*
> *do ofício do Teu louvor,*
> *se até uns passarinhos cantam triste.*

Quando li o poema, fui conduzido ao lótus do meu coração. Foi como receber uma nova certidão de nascimento, desfrutar de uma interpretação que encurtou os caminhos que eu ainda precisava andar. O poeta faz isso, Ana Maria. Une as pontas. Entre nós e Deus, entre nós e os outros, entre nós e nós mesmos. A arte poética reorganiza os fragmentos, dando inteireza, favorecendo a reordenação do que antes era caos.

Na adolescência, quando experimentava o paroxismo da dor existencial, quis retirar a minha vida. Foi a primeira vez que senti o desejo que me acompanhou durante muito tempo. Inúmeras vezes fui salvo por Drummond, Erico Verissimo, Machado de Assis. Diante dos movimentos aflitivos das condenações, há os que procuram padres, pastores, rabinos, mestres religiosos. Mas também há os que procuram os livros, os amigos, os poetas, a música, a mesa posta. Eu pertenço ao segundo grupo.

Toda palavra sobre Deus tem
resquícios da personalidade
de quem a disse. O que
elaboramos sobre Ele é um
desdobramento do que
soubemos elaborar sobre nós.

Você nunca soube dos transtornos depressivos que eu enfrentei. Muito poucos souberam. O desejo de morrer me assombrava constantemente. E ele me envergonhava. Sobreviver era bem mais do que resistir. Era preciso superar a compreensão promíscua que tinha de mim. Eu me enxergava muito pior do que realmente era. Eu só enxergava o copo vazio. O limite tinha as rédeas de minha alma. Quando a tristeza me apartou da força pungente do cordão umbilical que nos unia, foi por eles, os poetas, escritores, compositores e cantores, que eu procurei. Foi enxaguando a minha alma no rio das palavras que eu redescobri o meu lugar no mundo.

A arte sempre me concedeu viver as abluções que redimem, regeneram, reorientam os caminhos, secam, ainda que temporariamente, os pulmões das aflições. A arte nos cura, Ana Maria. Mas não nos livra da crueldade da vida. É assim desde que o mundo é mundo. Desde que Adão abriu os olhos e viu o céu pela primeira vez. É certo que se emocionou, como eu me emocionei ao contemplar o céu de Adélia Prado. O azul recém-criado, as estrelas fulgurando em sua primeira mão de brilho. Adão diante do universo fresco, as tintas ainda secando, o ventre de Deus em contrações, partejando a beleza das coisas.

São mais felizes os que enxergam o mundo como se fosse a primeira vez. Os que aprenderam a sublimar a rotina. Para os que trazem nos olhos os filtros da sublimação, o caminho de sempre recebe uma aura redentora. Sendo assim, o caminho de sempre nunca é o mesmo, torna-se novo, como se borrifássemos sobre ele uma cor que a Deus pertence. Mas tal proeza requer educar o espírito. Embora seja uma capacidade essencialmente humana, nem todos a desenvolvem.

Atributos humanos requerem cultivo, porque tudo o que nos diz respeito precisa ser educado, submetido ao processo doloroso do vir a ser. Embora seja capaz de sublimar, ir além, espiritualizar o mundo em que vive, a alma humana precisa ser submetida à disciplina do hábito. Se não o temos, a pedra será somente pedra, a rua será sempre a mesma, o sublime, o espetacular, não serão notados.

A capacidade humana de perceber e fruir da aura sobrenatural de todas as coisas não resulta de um processo normativo. Não, ela resulta é de um processo eletivo, quando alguém escolhe nos oferecer a instrução que educa a capacidade. Há tanta sensibilidade atrofiada. Há tantos espíritos raquíticos, privados de se imiscuírem no que há de mais nobre e elevado da condição humana. Não foram apresentados à disciplina que hipertrofia a disposição humana de perceber a beleza extraordinária da rotina que nos cerca.

Quando não desenvolvemos a nossa aptidão à transcendência, Ana Maria, até a nossa prática religiosa é materialista. Os livros que consideramos sagrados são repletos de narrativas metafóricas, poéticas. Sugerem um significado que ultrapassa a palavra escrita, registro material da ideia imaterial, nunca podendo ser lidos e interpretados ao pé da letra. Os radicalismos religiosos derivam de nossa falta de transcendência. Nossas interpretações do Sagrado costumam ser rasas, equivocadas, pois são condicionadas pelo que de nós ainda não foi harmonizado.

A imagem que temos de nós tem estreita comunhão com a imagem que temos de Deus. Quando desprovidas de transcendência, as nossas teologias não alcançam o Mistério. Elas se limitam a ser uma elaboração mesquinha de um Deus que padece dos mesmos pecados que nós. Um Deus ciumento, prosélito, cruel, injusto, capaz de ferir, matar, promover guerras, incitar o que há de pior na condição humana. Nossos piores crimes, nossos deslizes mais hediondos, nós os cometemos sob a proteção de vestes e intenções religiosas.

Toda palavra sobre Deus tem resquícios da personalidade de quem a disse. O que elaboramos sobre Ele é um desdobramento do que soubemos elaborar sobre nós. As teologias são contextualizadas. Sobre elas deixamos a poeira de nossa humanidade. Se sou cruel, é natural que a imagem que tenho de Deus passe pela crueldade. É uma forma que tenho de justificar a minha conduta, evitando o enfrentamento que me questiona, exige mudanças, levando-me a transmudar a minha crueldade em bondade. Quando orbitamos fora do contexto da revelação divina – processo pelo qual a verdadeira face de Deus se manifesta ao mundo –, cada um de nós passa a se mover dentro das propostas do Deus que inventou.

O crescente empobrecimento da humanidade, cada vez mais obtusa, brutalizada, reativa, indisposta à reflexão, incapaz de transcender, sublimar, tem fomentado seitas, movimentos que se dizem religiosos, agrupamentos pautados no ódio, na intolerância, no preconceito. Religiões que não religam. Pelo contrário, dividem, segregam, erguem muralhas e dificultam a comunhão.

Por isso, Ana Maria, precisamos educar o nosso espírito. Para que ele não dependa das mediações dos que pregam a partir de suas neuroses. Um espírito educado, afeito à capacidade de transcender, de compreender que a poesia é uma linguagem que ultrapassa a convencional, um espírito que busque constantemente o que é belo, justo e verdadeiro. Um espírito aguçado, esperto, apto a perceber de longe o cheiro de um falso profeta. Um espírito capaz de reconhecer o que realmente Deus deseja de cada um de nós.

Você soube, sempre soube. É reconfortante depreender que o tempo lhe fez ter feições divinas. O rosário diariamente rezado, a missa diariamente participada, as pregações ouvidas, as novenas oferecidas, as oblações, as palestras assimiladas, os livros incorporados derramaram sobre seu semblante o manto da mansidão, da ternura, da quietude.

Você desfruta de um espírito pacificado, em perfeito acordo com a vida, que, embora tenha sido tão cruel, por você foi devidamente perdoada. Perdoar a vida, reconhecer que ela não nos deve nada, que tudo aconteceu como poderia ser, é um fruto que só a elevação espiritual pode nos entregar.

A sua busca cristã me beneficia. A vida virtuosa que o seu espírito galgou e a preciosa lapidação que o Sagrado realizou em sua alma manifestam-se na delicadeza dos seus gestos, na sua insondável capacidade de ser em comunhão. Agora, neste momento em que adentro o labirinto desta preciosa revelação, digo, em profundo estado de convicção, Ana Maria:

— Eu fico diante de Deus, toda vez que fico diante de minha mãe.

5.

EU NÃO LHE DESEJO O DESVARIO DE DEIXAR DE ENXERGAR O MUNDO.

Não, não se levante. Eu mesmo vou buscar o colírio que a aparta da cegueira. Há tanto o que ser visto! A gota mágica mantém o seu direito de continuar vendo o céu de Adão. Um céu brilhante de estrelas mortas e vivas.

A crueldade também está lá, acredite. No inacessível do mundo, quem gera o nosso encanto já morreu. Vemos o brilho das estrelas mesmo quando já estão mortas. Quem me disse isso? Não me lembro mais. Mas acredite-me. Quem concedeu beleza ao firmamento foram os inúmeros desastres, os incontáveis acidentes, as incalculáveis explosões. O brilho que nossos olhos captam pode ser um resultado morto, um acúmulo de fragmentos, gazes e poeiras.

O firmamento está em constante estado de alteração, mas nós o enxergamos sempre da mesma forma, porque estamos a anos-luz de distância. O que agora enxergamos já aconteceu há milhões de anos. Os meus olhos arranham a realidade e dizem que a viram. Indiferentes à profundidade de tudo o que nos cerca, limitam-se a navegar na lâmina das margens. O que vejo de tudo é tão pouco do que tudo é.

Veja este absurdo, Ana Maria: os meus olhos não alcançam os longes do mundo, mas também não alcançam o dentro de mim.

E, quando vejo, vejo com as deformações que são inerentes à sina de ver sob condição. Um ver imposto pelo vivido, pelos filtros colocados pelos traumas, pelo que fizeram de mim. Eu e meu limite de somente ver o que meus traumas deformam, transformam, condicionam. Mas quem vê a beleza do firmamento não imagina o caos que há por trás dele.

Pronto, o colírio já está aqui. Reze uma Ave Maria pelo inventor desse remédio, viu. Você reza tanto ao longo do dia. Não custará muito oferecer a intenção de uma bolinha do rosário ao homem que deixou de contemplar o céu adâmico, que perdeu noites de sono, noites de amor, noites de vadiagem, para descobrir a fórmula que lava a cava desse olho lindo. A ciência só é possível aos que não temem as clausuras que os hábitos constroem.

Deixe de bobagem. O olho continua bordado de encantos. A velhice invasora não pode expulsar a memória da cor. Continua verde, ainda que transformado pelo tempo. Um verde que desverdece, aos poucos. O desacontecimento da cor é místico. Mas esse mistério não é acessível aos rasos, aos filhos das veleidades, aos parvos que não ousam descer a escada que nos dá acesso ao profundo do mundo.

Se a superficialidade não for estancada, não teremos cientistas no futuro. O conhecimento especializado exige foco, paciência, constância, permanência, insistência, perseverança, virtudes raras entre nós. Ou você acha que as grandes descobertas científicas são feitas pelos que varam as noites na boemia, ou pelas hordas que emendam uma festa na outra, que vivem em constante estado de entretenimento? Fazer ciência requer regulares retiradas do mundo, imersões que proporcionam o foco que o cérebro necessita para chegar à profundidade do conhecimento. Nós precisamos reaprender a sabedoria dos "antigos", como você gosta de dizer. Se não reencontrarmos o valor da disciplina, da paciência, dos estudos, da dedicação à leitura, seremos fraudados pela nossa própria ignorância.

Envelhecer requer profundidade, desprendimento, disposição interior para sofrer as inevitáveis alterações da ordem. As indigências finais nos devolvem às indigências inaugurais. Nascemos

Os meus olhos arranham a
realidade e dizem que a viram.
Indiferentes à profundidade
de tudo o que nos cerca,
limitam-se a navegar na lâmina
das margens. O que vejo de
tudo é tão pouco do que tudo é.

cegos. Ou quase cegos, não sei. A visão turva vai recebendo o delicado esclarecimento da luz. Como se um dedo invisível retirasse a escama de cada dia, dando aos olhos o destino de ser guia do corpo. Mas o mesmo dedo que as retirou, mais tarde as recoloca.

Ninguém escapa ao movimento cíclico das devoluções. Os ossos que cresceram ao longo da vida voltam a encolher. Como se procurassem o caminho de volta, como se obedecessem ao comando que os farão se curvar, como quando era um rebento no ventre da mãe.

As nossas edificações construídas nos protegem do vento, do frio, da chuva e do sol e do calor, mas não nos protegem do tempo. Estamos todos no descampado da existência, expostos aos desacontecimentos, sofrendo a oxidação que condena tudo ao estado de ruína. O tempo nos chama, quer nos recolher. Com o passar dos anos, precisaremos de bengalas para enxergar o chão.

Olhe pra mim. Levante a cabeça. Isso. Uma única gota, eu sei. O olho só comporta uma. Aprendi quando era adolescente. Um oftalmologista de São José dos Campos me ensinou. Eu tinha o hábito de pingar várias gotas nos olhos. Acreditava, inocentemente, que o excesso conferiria mais eficácia ao tratamento. Recordo-me da voz conselheira:

— Nunca pingue mais de uma. Vai desperdiçar. O olho só comporta uma gota.

A voz grave do velho médico não se interessava pelo desperdício. O comprometimento era com a ciência que o antecedia. O puro saber, o nobre desejo de socializar as lições acadêmicas, a informação que estava atada ao vasto conhecimento do funcionamento dos olhos, o desejo simples de me arrancar dos braços da ignorância. Homens como ele andam escassos no mundo.

Agora o outro. Não precisa? É verdade. Ele não foi salvo a tempo. Aposentou-se antes da hora. Ai, meu Deus! Nunca havia pensado nisso, Ana Maria. Dos olhos que me viram primeiro, um já morreu, desobrigou-se das funções. Está sepultado, mas presente no rosto. Um olho que não olha, mas parece olhar. Um olho cuja função fez as malas e partiu. Que continua, mas não está, embora permaneça no mesmo lugar. É assim que partimos quando deixamos de amar?

Voltemos ao tempo. Ele nos desmineraliza. Tudo se encaminha ao retorno ao pó. O corpo, a vitalidade, os sonhos, as esperanças, tudo prescreve. Aguce a sua percepção do instante, esteja presente, consciente, e será capaz de ouvir os passos do algoz que autoriza as prescrições. O implacável movimento das horas não pode ser contido. Dessa condenação o nosso amor não nos salva. Mas pode nos oferecer alforrias temporárias, lenitivos e delicadezas que só os que se sabem filiados desfrutam.

Estamos morrendo. Uns mais, outros menos. Mas todos estamos morrendo. A sua desmineralização me açoita, ceifa o sossego. O seu caminhar me amedronta. O fêmur severamente desgastado pode romper novamente. Como da primeira vez. Não quebrou porque caiu. Caiu porque quebrou. Estava linda, pronta para sair com as amigas. Esperava no hall pelo elevador. Fez um movimento de giro para acender a luz, e o corpo ruiu. Que noite triste foi aquela. Eu não estava na cidade. Quando cheguei, você já havia sido resgatada, no pronto-socorro.

A roupa bonita não combinava com a indigência do momento. O corpo estendido na maca, o sorriso triste nos seus lábios, a dor que não dava alívio. Eu me aproximei, beijei o seu rosto, e você passou a mão sobre os meus cabelos. Eu notei que a mão estava fechada, não fez o pente com os dedos, como costumava fazer. Perguntei se também havia machucado a mão. Prontamente me disse que não. Mas por que tem a mão fechada? Foi então que você me mostrou um papelzinho, com dois nomes escritos:

— São os nomes dos bombeiros que me resgataram. Eu pedi que eles escrevessem. Quero rezar sempre por eles.

O seu inédito é inesgotável. Às vezes tenho a sensação de que estamos nos encontrando pela primeira vez. É como ler um livro que não termina. Alguém que constantemente nos desvela uma página, um novo enredo, uma particularidade.

Naquela noite fomos novamente apresentados. "*Filho, eis aí a tua mãe!*" A frase bíblica, dita num contexto de entrega, aplicou-se às circunstâncias que vivíamos, como se Deus pudesse me acordar para entender um pouco mais do ser humano raro, diamante caro, que ele havia escolhido para ser a minha mãe.

A solenidade da fala corresponde à importância do instante. O calvário é uma metáfora da vida. Estamos sempre nele, ainda que não o percebamos. Porque é morrendo que vivemos. O seu corpo sobre a maca remontava à cena em que a entrega fora feita. Mas com uma diferença. O filho não estava crucificado. A crucifixão era da mãe, da mulher em pleno algoz, mas sendo capaz de pensar em alguém, dois nomes estranhos a mim, mas familiares a você. Dois Cirineus, dois profissionais que certamente ultrapassaram os limites de suas obrigações, deixando em sua alma o desejo de rezar por eles. Recordar dos que nos socorrem no momento da agonia é sinal de grandeza espiritual, requinte existencial que expressa a evolução vivida. Eu ainda não sei fazer o mesmo, Ana Maria.

6.

A VIDA É O PESO DO INSTANTE. E ELE É PURO MISTÉRIO.

Experiência que se multiplica em argumentos, vivências, registros com os quais temos de seguir e conviver. O passado não costuma aceitar sua prescrição. Sempre que pode, volta a dizer.

A soma de tudo o que vivemos se torna memória. A boa reminiscência nos convida à celebração. A má nos condena à culpa. Não é sempre que sabemos arregimentar os tempos de nossas vivências. O que hoje negligencio do amor vai cavar a ruína do meu sossego. Um tormento que calçará os meus pés, condenando ao desconforto o meu passar pelos dias. O passado nos oprime, pois nos devolve diariamente um volume descomunal de experiências. É o despropósito de fazer a vida inteira se ajeitar nas estruturas do corpo atual. Fazer caber na mala estreita do agora o que da vida já não temos, mas continua solicitando adoção.

A vida é cruel também por isso. Você sempre soube. Sabe com um saber que não nos ocorre pelos caminhos acadêmicos. Um saber profundo, superior, escrito na carne. A lição dos mestres nós esquecemos, mas da vida, não. A lâmina quente dos fatos alcança o tecido da memória, carboniza na alma o aprendizado. É o santo sudário da existência. Cada um leva o seu. No sacrário onde acomodamos o passado, ele está. Eu me ajoelho diante do seu, Ana Maria.

Você é sagrada. Beira a heresia esta minha compreensão. Vejo Deus em seus contornos. Olho o seu ventre e o reverencio com a mesma contrição com que reverencio os altares de minhas crenças. Eu morei em você. Pode haver uma intimidade superior? Fui hóspede enquanto fui feito. Sou o resultado de uma doação. Meu pai contribuiu com uma ínfima parte. Não é o que a ciência me diz, mas o que percebo em mim. O restante você me deu. Ossos, sangue, carnes. E ainda que os genes da ínfima parte também tenham contribuído para a minha determinação, foi sob seus comandos que eles floresceram.

O imaterial recebido não se mensura, eu sei. O que de você eu recebi não cabe numa geografia humana. É sob seu estigma que eu afirmo ser alguém. Mas quem sou eu? Antes desse saber, uma outra pergunta lança suas tramas. Podemos ser? Ou somos a ilusão temporária que se materializa em corpos que andam e falam?

É filosófico existir, permite confrontos, desvelamentos, assombros, dialética. É como estar em Ágora, a praça grega das trocas, dos escambos, dos conflitos, dos questionamentos práticos que gestaram e deram à luz a metafísica de Aristóteles.

Ágora, a praça onde nasceu a dialética como nós a conhecemos, habilidade humana de submeter as questões aos escrutínios que esclarecem, comprometem, favorecem posicionamentos. O lugar onde as pessoas trocavam mercadorias e experiências, Ana Maria, desdobrou-se em universidades, academias, seminários, escolas. Não é interessante? A Filosofia ocidental nasceu assim, numa pracinha de cidade do interior.

Você não frequentou nenhum deles, eu sei. Aprendeu a ler e escrever. E só. Mas você tem a aptidão acadêmica, a curiosidade que a faz olhar debaixo da saia da existência. Um dia, quando dei uma palestra sobre o tema que desenvolvi no meu mestrado, você estava presente. Sentada à primeira fileira, tudo ouviu em silêncio, com elegância e atenção. Depois, quando só estávamos nós dois, deitados em sua cama, conversando sobre a vida, você me confessou:

— Quando você falava hoje, fiquei pensando: *como é que esse menino pode ter saído de mim? Falando aquelas coisas difíceis, dando aula aos professores que lhe ensinaram a ler e escrever*. Fiquei tão orgulhosa. Eu não entendi nada do que você disse, mas achei tudo tão bonito!

Naquele momento, Ana Maria, pude aprender que há múltiplas formas de compreender as palavras. Seja entrando no ardiloso labirinto dos significados, estabelecendo o fio epistemológico que nos faz chegar ao entendimento racional, seja entrando no iluminado caminho do encantamento, quando todos os nossos sentidos se rendem diante da beleza que nos foi proposta. Não ouso dizer que uma seja superior à outra. No mundo do conhecimento há dois tipos de pessoas. As que entendem, e as que se encantam.

A questão do "eu que somos" é tão antiga quanto a vida. Você não conheceu as teorias, mas experimenta diariamente a náusea que a questão provoca. Quantas vezes a indagação irrompeu em sua mente? Não como irrompe nos que se propõem a filosofar sobre ela, mas uma irrupção sob o feitio de um mal-estar, uma dor que nenhum exame laboratorial pode localizar. Lavando uma bacia de roupa suja, refogando um feijão, cortando uma fatia de tomate. O gesto comum, ordinário, seguido de uma abrupta percepção — Que vida besta, meu Deus! —, a rotina de sempre, as questões inalteráveis, a constante vigília dos que não possuem a segurança dos bens materiais. As urgências da existência assolapando a sensibilidade, brutalizando almas e corações, privando o eclodir da natureza sublime da condição humana, subjugando-a a uma busca rasa de si mesma, privando-a de trilhar os caminhos das transcendências.

O aluguel vencido, o armarinho vazio, o quase nada diante de tantas necessidades, a lâmina do cotidiano esquartejando a poética da vida. Filosofia só é possível depois que estamos vestidos, alimentados, saciados, abrigados, medicados, não é mesmo?

O ser que somos não é dócil aos processos das investigações. A consciência que temos acerca de nós mesmos transita em constante névoa. O eu nos escapa toda vez que intentamos expor o seu rosto.

O que nos resta é identificar os vestígios que dele encontramos no momento presente.

É pura fenomenologia, Ana Maria. Palavra difícil, não é? Mas bonita, eu sei. Ela diz respeito ao que da vida se manifesta, a fração do mistério que aos olhos se entrega. Somos a soma de inúmeras manifestações. É preciso reunir as peças, como quem monta um mosaico. Incontáveis eus. Por vezes, impenetráveis. Só alguns se deixam permear pela agulha de nossas perguntas. Só alguns são domados pelos alinhavos de nossos processos terapêuticos.

Vivemos em constantes duelos, como nos faroestes que você tanto aprecia. Duelo entre eles, os eus. Quem vence, quem morre, quem prevalece, quem sucumbe? As forças que comandam os recursos de cada um são administradas pelos avessos de nossa personalidade.

Não é sempre que somos o eu do atual comando. De repente a guerra fria entre eles coloca no comando um impostor, criado à imagem e semelhança de quem nos olhou com expectativas. Às vezes coincidimos o eu com a essência, às vezes, não. Mas a natureza humana pouco conhece os ensolarados descampados da coerência. Somos mais afeitos aos insalubres caminhos de Adão, pois não nos esqueçamos, Ana Maria: somos filhos do degredo. O nosso vale é de lágrimas. Por ele vamos gemendo, chorando, implorando a ponta do cobertor sagrado. Ansiosos pela redenção que perdoa nossos erros e sinaliza nossa testa com a cruz da salvação.

Ser salvo é como nascer de novo. É deportar os eus que exigem a nossa irrenunciável coerência. É receber o indulto que nos permite o direito de acordar um dia qualquer, e, sem rodeios, sem prévios avisos, anunciar que não somos mais quem éramos. Sem que a culpa nos apunhalasse a mente, teríamos o direito de fazer as malas e partir na direção de um destino incerto, mas repleto de futuro. Partir com o rosto em branco, feito folha não escrita, rosto sem contornos, feições, prontos para receber os primeiros golpes do formão da novidade. Reencontrar a leveza inicial, recém-nascer de nós mesmos, inflar os pulmões, acordar o corpo, cessar a letargia que antes nos prendia aos eus sobreviventes, entes doentes que

No mundo do conhecimento
há dois tipos de pessoas.
As que entendem, e as que
se encantam.

durante anos não foram felizes. Eus que viveram à sombra de um comando alheio, despótico, opressor.

Mas não somos livres para isso. E quem constrói os obstáculos que nos impedem de partir não são os outros. O inimigo é íntimo, residente do arcabouço onde se esconde o que reconhecemos como nosso. As vozes que cerceiam e calam a iniciativa moram em nossas entranhas, são filhas de nós mesmos.

O eu é desdobrável, como o era o de Rosalina. Quem é Rosalina? A personagem de *A ópera dos mortos*, do genial Autran Dourado. Você não conhece, eu sei. Autran foi um autor que explorou com muita sensibilidade e competência literária a ambiguidade humana.

Veja que história bonita, Ana Maria. Rosalina era uma mulher dotada de unidade dual. Calma, você vai entender. É uma forma elaborada de dizer o que facilmente encontrou vida afora. Como dizem lá em Minas, Rosalina tinha duas caras. Ela hospedava em si a brutalidade maligna do avô, mas também a bondade e a civilidade do pai.

O sobrado em que habitava era uma metáfora de sua alma. Era uma construção de dois pavimentos. A planta baixa fora construída por Lucas Procópio, seu avô. As edificações por ele erigidas tornaram-se guardiãs de sua memória. A planta alta, por sua vez, fora construída por João Capistrano, seu pai.

A construção foi resultado de um desejo de reunir os dois homens, amalgamando os tempos idos, construindo uma arquitetura unificada, mas também dual. Uma edificação feita em dois tempos, sob dois comandos, intentando transformá-la numa guardiã da memória material e imaterial da descendência que trouxe ao mundo Rosalina, o sobrado vivo, de carne e osso, que trazia em si os dois homens, as duas personalidades tão antagônicas.

O sobrado era uma espécie de sepulcro, mas com função contrária. Um túmulo que não permitisse o morrer, construído para unir e manter vivos os dois homens, erigindo, em Duas Pontes, cidade onde se passa a história, um memorial que evitasse a condenação de ambos ao esquecimento.

Rosalina também é um túmulo que luta contra a morte. É ela quem rege a ópera dos mortos. Os sons do sobrado compõem a sinfonia em que orbita a personagem dual, contraditória, movida como se fosse um pêndulo, ora na direção de Lucas Procópio, ora na direção de João Capistrano.

O movimento pendular de Rosalina tem íntima comunhão com o desejo que o autor teve de construir uma linguagem barroca, uma figuração literária que recruta os oximoros, as metáforas, as dualidades que identificam o estilo. Não é instigante, minha querida? Fazer da literatura um divã, descobrir quem somos por meio dela?

A arte é essencialmente inútil. Ela não deve ser recrutada como forma de produzir engajamentos, nem condicionada por finalidades específicas. O artista cria porque não se sujeita a ter somente a realidade. Mas há obras que dilaceram o mistério humano, expõem as vísceras de nossa verdade. Quando ficamos diante delas, inevitavelmente fazemos uma leitura de nós mesmos. Foi o que aconteceu comigo, quando li Autran Dourado.

A dualidade de Rosalina acordou a consciência sobre a minha. Quando me torno consciente de quem sou, crio liberdade interior para poder ou não alterar a realidade. Você também lida com suas dualidades. Eu as capto com meu ato de observância. É meu prazer vê-la viver, dona Ana. Contemplo-a como Moisés contemplou a sarça que ardia sem se consumir.

É uma experiência mística semelhante à dos santos, que com os parcos recursos de suas humanidades buscavam decifrar o mundo divino. Você também é um sobrado. Metade é constituída pela mansidão, pela bondade de João Valadão, seu pai. A outra é constituída pela astúcia ardilosa de Maria do Rosário, sua mãe. Mas a primeira construção é infinitamente mais presente na fenomenologia do seu existir. A soma somou menos a contribuição materna. Embora seja fisicamente muito semelhante à sua mãe, quem prevaleceu sobre a sua personalidade foi o seu pai. Mas quem saberá disso? Quem ousa descer os degraus de nossa morada interior para saber quem somos? As pessoas se ocupam do pouco que mostramos. Pouco se interessam pelos avessos de nossa constituição. Digo o mesmo de nós. Olhamos para os outros e nos limitamos a perceber o fenômeno que o instante permite ser manifestado. Cada vez menos nos interessa saber quem somos, que dirá saber quem são os outros.

Mas o princípio de compaixão, fundamental para nos aproximar, só floresce quando estamos dispostos ao desvelamento do eu desconhecido. Regra que vale tanto para si, quanto para os diversos de nós. Só a compaixão nos faculta perdoar. A nós e a eles. Mas ela é um resultado do conhecimento, da respeitosa investigação. Ter compaixão pelas Rosalinas que cruzam nossos caminhos, ou que encontramos dentro de nós, exige que antes nós vivamos o ritual que nos dá acesso aos alicerces de seus sobrados. Não é sem motivo, Ana Maria, que Autran Dourado começa o romance com a inquietante frase: "O senhor querendo saber, primeiro veja."

Seja justa. Enxugue esta lágrima que pretende condená-la ao estado de vítima. Retome a expressão de combatente que a fez chegar aos confins de si. Você viveu bravamente até aqui. A crueldade da vida não se sobrepôs à sua disposição. Não fez parte de suas escolhas buscar o atalho da fuga, o fácil da desistência. Vejo-a tão delicada e descubro que a grandeza de sua alma não cabe nas dimensões de seu corpo.

Veja suas mãos, Ana Maria. São tão pequenas, mas nunca fugiram das procelas da noite escura. Navio singrando mar bravio, forças contrárias ao leme ordenado por elas, suas mãos. Mar imenso, mãos pequenas, as medidas e o coração da contradição. Foram elas que me socorreram das tragédias que os limites me impuseram desde menino. A madrugada fria e o ar rarefeito provocado por falanges delicadas que desenhavam ternura sobre o meu rosto.

Mãos miúdas, mas capazes de me apartar do abismo das primeiras indigências, quando todas as insuficiências ficavam disfarçadas no semblante terno de criança dormindo. A vida é tão grande, não é mesmo? Mas cabe inteira em suas mãos estreitas. Tanta vida para tão poucas mãos, Ana Maria. Mas você conseguiu. Não cabe nas mãos a grandeza da vida. Sempre soube.

Um dia a gente acorda e o mundo como o conhecíamos foi embora, desintegrou-se, virou memória. O momento presente é a casa onde os verbos habitam. Pretéritos e futuros. O emaranhado existencial, embora seja de natureza confusa, fica à nossa disposição. Um alento possível. Puxamos um cordão imaginário e adentramos os palácios que já não temos, ou os que pretendíamos ter.

Tempos desmoronados onde ainda somos, porque a memória se encarrega de manter os monturos da vida findada. Nem sei se é possível dizer que finda, Ana Maria. O distanciamento dos fatos não apaga a chama do que existiu. O acúmulo permanece, ainda que sob a tutela do inconsciente. E assim seguimos. Povoados por tudo o que encontramos pelo caminho. O que nos deram, o que nos negaram. Tudo segue em segredo em nós, mas atuante, ditando regras, condicionando ou libertando.

Não é sempre que somos livres para escolher. A força do recebido impera sobre a liberdade de escolha. Por isso é tão imprudente o julgamento de quem quer que seja. Como já dissemos, o que vemos é tão pouco do que essencialmente se é. A coerência do outro não nos pertence. As regras particulares, os estatutos, os estímulos que a produzem não se rendem à lâmina dos nossos olhos. Careceríamos de ter os recursos de outra visão, um olhar que faz recuo histórico, perscruta os desconhecidos caminhos do inconsciente.

Em se tratando de uma outra pessoa, quando digo que vi, o que realmente vi? "Retira as sandálias dos teus pés, porque o solo em que pisas é santo!" Foi este o alerta de Deus a Moisés. O princípio de alteridade é tão sagrado quanto todas as outras coisas santas a que você foi apresentada.

Pessoas são andores por onde andam todos os mistérios da humanidade. Nelas as contradições e harmonias das coisas criadas permanecem inalteradas. Tudo como sempre foi, memória imutável do mundo, embora sob o disfarce de casualidades momentâneas.

A água que mata a sede do chão também o inunda. O fogo que aquece a casa também a extermina. O que separa a solução do problema é a medida. Não estamos livres de levar em nós as contradições dos opostos, de sermos a chama que aquece, mas também o incêndio que devasta.

7.

ÉRAMOS TÃO POBRES. MAS A POBREZA TAMBÉM NOS EDUCA.

A privação nos concedeu lógica especializada. Desenvolvemos a habilidade de conhecer o mundo pelos seus términos. Tanta vida nos foi dada assim. Restada, terminada. Ocupávamos de nos servir com o que não servia mais aos outros. Você conheceu bem o significado do que digo. Cresceu sem conhecer o cheiro de uma roupa nova, de um sapato feito para os seus pés. Cresceu desconhecendo a experiência de ter algo que já não havia sido de alguém. A caridade tem início quando alguém deixa de gostar do que tem.

Sua pobreza se estendeu a mim. Reciclávamos. Cestos de vida alheia, vivida, eram deixados em nossa casa. Era com eles que nos ajeitávamos. O inalterável sobre a mesa, o consumado, coisas seladas pelo definitivo do tempo, e nós, como se mendigássemos um grão de escolha, revivíamos a alegria inicial de cada uma delas, misturando-as ao sangue de nossos dias, ressurgindo nelas a utilidade, inflando-as com o sopro de nossa necessidade. Na doação, o rejeitado reencontra a dinâmica da utilidade. Éramos o destino final da intenção caridosa dos que desconheciam a escassez. Por sermos afeitos à ressignificação das coisas, passamos também à ressignificação do afeto.

A caridade é uma força ambígua. Ela consola, mas também humilha, porque nunca estamos livres do constrangimento que o bem provoca. O brilho da bondade tem sombra. Dizemos, pois sabemos: nunca é fácil viver a compaixão habitando a pele do que recebe. Ao enviar os seus restos, os outros, além de ganharem novos espaços em seus armários, aliviavam suas consciências, sentiam-se heroicos, altruístas, elevados. Ao passo que nós, destinatários de suas piedades, ficávamos diante da necessidade de admirá-los e agradecer.

A mística das coisas vividas. Ela existe. Pulsa na matéria, nos altares profanos onde objetos são adorados. Tudo porque nos recordam quem somos, resguardam segredos, testemunham que a vida passou por eles. Das muitas coisas que nos foram entregues, de uma eu não me esqueço: um sabonete usado que nos foi trazido pelo meu pai. Veio numa caixa de ferramentas, eu me lembro bem. Estava gasto, mas não muito. Ainda preservava a forma ovalada, diferente de todos os formatos de sabonete que conhecíamos. Tinha um cheiro bom, nunca antes sentido.

Meu pai havia terminado uma obra. Além das ferramentas, a caixa continha pequenas sobras. O sabonete estava entre elas. Enrolado num papel delicado, parecia um lorde perdido entre plebeus. A obra terminada era de Dalmir, um homem fino, elegante, educado. Presumíamos que fosse rico, pois só os ricos reformavam suas casas. Nós nos limitávamos a dar uma demão de cal nas paredes, um remendo na cerca de bambu, um lustre no chão avermelhado. Meu pai trabalhou quase um ano na reforma. Recorda-se, Ana Maria?

De vez em quando, Dalmir vinha à nossa casa. Fazia pagamentos, cálculos, falava sobre a obra. Eu ouvia de longe. Firme sobre o chão de minha pobreza, observava fascinado o pai de outros meninos. O pai diferente, o pai que não andava de bicicleta, que tinha uma caminhonete, que usava calças de linho, camisas claras, sapatos negros, sem um único grão de poeira.

O sabonete era da casa de Dalmir, deduzi. O cheiro dos ricos, o cheiro que podíamos acessar, porque um resto de vida vivida nos foi dado, ou veio por descuido. O sabonete era ligeiramente azulado. Uma novidade surpreendente para quem só conhecia sabão de bola, escuro, feito de cinzas. Eu o escondi na única gaveta a que

A caridade é uma força ambígua. Ela
consola, mas também
humilha, porque nunca estamos
livres do constrangimento que
o bem provoca. O brilho da
bondade tem sombra.

tinha direito na casa. Um recanto de privacidade que me permitiu camuflar a iguaria perfumada. Quando alguma solidão me era permitida, eu me fechava no quarto para sentir o perfume. Nele estava a prevalência de um mistério que eu já ousava intuir. Outras peles, outros cabelos, outros nomes.

A vida dos outros é sempre fascinante quando imaginada. O resto dos outros iniciava novos mundos em mim, puxava o cordão do escritor que crescia em meu corpo, sob a proteção do silêncio. Eu imaginava o filho de Dalmir, o que tinha a mesma idade que eu. Eu o vi uma única vez. Chegou à nossa casa com o pai, entrou, ficou alguns minutos e depois foi esperar dentro do carro, enquanto o seu pai resolvia suas questões com o meu. Ele me viu, mas não se interessou por mim. Corri para dentro do quarto que tinha janela para a rua e fiquei observando-o em segredo. Nossa pobreza deve ter despertado sua repulsa, Ana Maria. Ao passo que sua riqueza me provocou fascínio.

O desconhecido nos põe a imaginar. Com que brinquedos ele brincava? Carrinhos motorizados, jogos inteligentes, coloridos? Teria ele o trenzinho à pilha que deslizava sobre trilhos? O que eu via na TV e me despertava sonhos? Eu o olhava curioso. Tão diferente de mim. Camiseta de malha, tênis nos pés. Eu o olhava. Com meus chinelos remendados, olhava. O cheiro do sabonete devia prevalecer dentro do carro, pensei. Por isso ele não descia. É certo que o cheiro do nosso mundo não o agradava. A miséria alheia amplia o valor da riqueza que se possui.

Ao tomar o sabonete nas mãos, eu me recordei do menino. Um fragmento de matéria nos unia. Só assim. As coisas fazem pontes, Ana Maria. Põem a mesa, servem o banquete, reúnem os que doam, os que recebem. Recorda-se da mulher que lhe concedia as roupas usadas da filha que tinha a mesma idade que você? Você nunca teve, na infância, um vestido feito para os seus moldes. Sempre os de outras. Os vestidos restados, os despedidos das funções, os desprezados. Chegavam em embrulhos improvisados e você, movida pela gratidão que sempre a acompanhava, os recebia como se fossem presentes de primeira grandeza.

A ponte. Sentia-se filha da mulher que não padecia das mesmas agruras que sua mãe. Os vestidos alinhavavam o seu corpo aos corpos das meninas que desconheciam as restrições de sua pobreza. Elas nem imaginavam quais eram os seus desejos não cumpridos. Desejo de comer um doce, tomar um sorvete, comer um bife acebolado, um bolo de fubá, sabores de outras mesas, iguarias que nunca encontravam o caminho de sua mesa.

Mas a restrição educou o seu espírito. Até quando você conta as histórias mais sofridas, humilhantes, há humor e gratidão em sua fala. Embora provida por doações, você estava sempre pronta para hospedar a nobreza da vida. Escolher a dimensão nobre de cada coisa é um recurso que poucos possuem. Navegar entre restos, cobrindo-os com a cera de um novo significado, requer grandeza de alma. Os sapatos doados não serão condenados ao esquecimento, mas calçarão outros pés. Eles, que antes transitavam pelos salões nobres, agora poderão conhecer as quermesses da igreja, o clube de mães, as festinhas da escola. As coisas giram, Ana Maria. Há uma liturgia silenciosa, invisível, sendo celebrada, realizando a transição de tudo. Entender a trama das coisas requer muito desprendimento. A voz da matéria só se ouve com os ouvidos do espírito.

Entender a trama das
coisas requer muito
desprendimento. A voz
da matéria só se ouve com
os ouvidos do espírito.

8.

EU ME DEITAVA EM SEU COLO E ESQUECIA QUE ESTAVA SENDO CEIFADO PELA VIDA, OU PELA MORTE, NÃO SEI.

Suas mãos sobre os meus cabelos me concediam natureza heroica. Eu me lembro. A nossa cumplicidade pacificava os ânimos de nossa fragilidade. O amor nos fundia. Éramos um só. Meu coração batia no seu. O compasso me encorajava a desafiar os gigantes do medo. Mas, no avesso de toda aquela coragem, eu administrava um sentimento controverso, Ana Maria. Regra da existência, ambiguidade prática que o conceito não define, restando-nos a percepção de que no agir da vida está o agir da morte. Eu sabia, você também.

Quando o medo dos seus olhos desaguou no rio dos meus, busquei coragem e ofereci-lhe um resultado inacabado dela. Ao vê-la aceitar, um enternecimento embrulhou a minha garganta. Vencido pelo desejo de nunca a desproteger, apertei a sua mão na minha. Naquele momento, Ana Maria, selou-se sobre as nossas vidas a condenação ao degredo perpétuo.

Os seus medos também circulavam em mim. A comunhão de que desfrutávamos transpunha para as minhas veias os rios de suas angústias. Sabíamos em segredo, sabíamos sem dizer, sabíamos sem consciência, talvez. Sua proteção também me desprotegia. É sempre assim, Ana Maria? Todo amor materno, por mais puro que seja, escreve no filho as regras da insegurança?

Duas vias inevitáveis, percebo. O mesmo olhar que me sustentava, também me desamparava. Dificilmente o nosso amor se satisfaz com o tempo presente. Algo dele alça o que da vida ainda não temos, antecipando a ruptura que a finitude já nos contou que haverá. Transportava-me ao futuro o desamparo de saber que você partiria, deixaria de ser por mim. O cumprimento de uma liturgia cronológica que estabeleceria uma perda inevitável, ruptura que eu já sentia, mesmo quando ainda estávamos juntos. Embora nossos corpos estivessem unidos, enlaçados por um mesmo cordão de existência, a certeza de sua morte não me deixava em paz.

O que finda quando morrem os que amamos? Não é só a prescrição de um tempo de pertença, de uma interrupção de presença corpórea. É também a morte do que geramos juntos, de nossa terceira pessoa, aquela que só existe entre nós, nunca com os outros. É a morte de nossa soma, nossa divisão, nossa multiplicação, nosso resultado. Deixa de ser e estar a pessoa que éramos juntos, quando apartados do mundo, a sós. Eu era esmagado pela solidão imaginada, pelo pavor que nasce da certeza de que essa terceira pessoa deixará de estar ao alcance de um encontro. Eu era assolapado pelo medo de saber que o destino de tudo é terminar, morrer, diluir-se em memória, regra que a vida não alforria ninguém de cumprir.

O seu colo era o temporário abrigo que dissolvia minha solidão. Estando nele, eu reconstruía a inconsciência do ventre, o inicial provisório da existência que me protegia de saber que finitude me esperava à porta de suas entranhas. O seu carinho em minha cabeça recriava o tempo de ser em irrenunciável condição de anomia. Nele eu sublimava as condenações da finitude, abrindo mão da autonomia, o amadurecimento moral que só nos chega quando aceitamos andar sem necessitar o apoio de uma terceira mão.

Mas num outro de mim, num lugar escuro da inconsciência, o que eu mais desejava era me desvencilhar de seus braços, romper o cordão imaginário que me atava ao seu ventre, varar as distâncias do mundo, sofrer todas as consequências de não a ter mais, até que a dor fosse curada e não me doesse mais saber-me órfão.

Uma transgressão que o amor não resolve. Um desejo íntimo de ser dono de mim, de não mais esperar sua aprovação, de não ser despertado no meio da noite, visitado pelo pavor de imaginá-la morta, fria, desacontecida, findada, necessitada de sepultura, forçado a lhe conceder o beijo final, o rito de despedida, aquele que nunca despede, porque não cabe no tempo, porque pertence à ordem dos acontecimentos que sulcam desordens na memória, que abrem chagas que não aceitam ser curadas pelas leis da cicatrização.

Mas esta contradição não nos é permitido confessar, Ana Maria. Somos culturalmente condicionados a romantizar a relação mãe e filho. A ambiguidade de querer eternizá-la, porque se ama como nunca foi capaz de amar, mas também perdê-la, porque se é consciente do aprisionamento que o muito amar provoca, não é facilmente reconhecida por nós. É uma verdade que só extraímos de nossas entranhas com muito sangramento.

O caminho mais fácil é entender a matriz como o porto de onde partimos e para onde retornamos. A maternidade é um mar bravio que singramos à custa de muitos desastres. Mas é também a arca que nos salva de muitos dilúvios. A dualidade do amor materno é uma sentença à qual não nos é permitido recorrer. Só há um destino: a condenação. No encantado bordejar da vida, Ana Maria, mãe também é mar onde naufragamos.

Eu sei que você está ansiosa com o tempo. Não fique. A ansiedade não altera o agir dele em nós. Além do mais, você não precisa mais creditar importância ao relógio. Não há nenhum compromisso a ser cumprido. Você já está alforriada. Desfruta do direito de só fazer o que quer. Ou o que pode. As disposições não são as mesmas, pois o tempo nos come aos poucos. Mastiga nossos sonhos, tritura nossa energia, mói nossa inteireza, fragmenta a história vivida, condena ao esquecimento, à senilidade que nos faz recordar os detalhes da infância, mas nos dificulta saber se já tomamos ou não o remédio de hoje.

O tempo dilui no corpo as experiências do espírito. Ele enfraquece a musculatura da memória, tornando dificultoso o acesso à linha condutora da história que construímos. O cordão fica frouxo, exigindo dos dedos, que tentam segurá-lo, um esforço exaustivo. Como puxar o que queremos recordar se o cordão está bambo como os músculos das pernas?

Não me olhe assim. Não posso retirar uma só palavra do que disse. É mais do que uma fala, é uma convicção. Eu também sofro. Assombra-me a proeminência de perdê-la. Ver diluir no esquecimento a mulher que amei. Seus alheamentos me afligem, pois sinalizam o afrouxamento do cordão, o puir silencioso que o tempo está fazendo, construindo a possibilidade que tanto me apavora: você esquecer de mim.

Eu vivo em constante passagem pelo jardim desta aflição: ver morrer a nossa terceira pessoa, perder a hermenêutica de seu olhar, ser privado de ser amado por você, já que o amor, embora seja de natureza espiritual, carece de recursos cerebrais para se manifestar, se fazer entender. Toda vez que você repete a história que acabou de contar, ou diz que não tomou o remédio que acabou de tomar, o meu espírito se contrai, mingua-se o campo de minhas alegrias. De repente, sinto-me orquestrado pelo desembaraço de uma outra ambiguidade: sua fragilidade desperta a minha compaixão, mas também a minha ira. Às vezes, o avesso do amor assume as rédeas do que sinto. Fico intolerante, ríspido, como se estivesse diante de algo que reconheço como uma dissimulação. Tudo porque não quero ver de perto as insuficiências ceifando a mulher que amo. Minha agressividade é uma tentativa de negar o que vejo, o que minha intuição me entrega. Você está morrendo, e eu não suporto não poder impedir que isso aconteça.

O seu olhar perdido acorda o menino que foi atordoado pela solidão. Os seus esquecimentos reconstroem os cômodos escuros de minhas inseguranças. Os medos da infância fazem acampamento na sala do meu presente. Gritam impropérios, reivindicam sua presença, argumentam que não sabem viver sem a sua vigilância. O amor também é privação. Depois que ele se estabelece, perdemos o direito de morrer. O esquecimento é a morte se antecipando. Um corpo que não sabe é um corpo que não ama. Um corpo que não sabe é um corpo que não está. Um corpo que não sabe é um corpo que já partiu.

Quando o medo dos seus olhos
desaguou no rio dos meus, busquei
coragem e ofereci-lhe um resultado
inacabado dela. Ao vê-la aceitar, um
enternecimento embrulhou a minha
garganta. Vencido pelo desejo de
nunca a desproteger, apertei a sua
mão na minha. Naquele momento, Ana
Maria, selou-se sobre as nossas vidas
a condenação ao degredo perpétuo.

Com o tempo retornamos à infância, Ana Maria. Num percurso de involução normativa, vamos devolvendo os nossos comandos à criança que nos habita. Um retorno inevitável, como se obedecêssemos à voz que nos reconduz aos inícios, chamando-nos ao coração da casa, como um dia o fez toda mãe. — *Chega de rua! Venha imediatamente tomar seu banho porque você ainda não fez o seu dever de casa!* — Recorda-se? Tantas vezes você também gritou esse enredo.

A vida faz o mesmo que as mães. Pede contas, desautoriza o externo da rua, reconduz-nos ao centro da casa e tranca a porta. O dever de casa a ser feito é bem mais exigente que os da infância. A voz interior é especialista em erigir tribunais dentro de nós. Raramente somos absolvidos, pois quem nos julga somos nós mesmos. E não costumamos ser justos. Temos o hábito de nos aplicar as mais terríveis penas. Inclementes, impiedosos, pois quem arbitra sobre as questões julgadas é a pessoa que não curamos em nós.

A vida é cíclica, como intuíram os gregos? Embora eu não creia na lei do eterno retorno, preciso admitir que os ciclos são perceptíveis, facilmente comprovados quando observamos a realidade. Os movimentos existenciais costumam nos devolver aos inícios. As horas que avançam carcomem as cartilagens e fragilizam artérias e ossos, semeiam insegurança no corpo envelhecido, levando-o a ressentir os medos das primeiras fases da vida. A indigência que marcou a nossa chegada ao mundo, levando-nos a depender inteiramente dos outros, retorna. Depois de tantas partidas, idas e vindas, de escolher destinos, lugares, situações. Depois de desfrutar de irrenunciável autonomia, vivemos o retorno ao compasso dos nossos primeiros acordes. O corpo envelhecido geme pelos mesmos motivos que as crianças. A ciranda da vida nos devolve à primeira estação.

Um desacordo com o tempo? Pode ser que seja. Uma condenação que alcança o todo das escolhas, que reorienta a conduta que nos desviou de nós. Seria um reassumir a fragilidade que vai nos permitir morrer em paz? Talvez sim, talvez não. Nunca somos tão inteiros como quando somos necessitados, Ana Maria. A necessidade nos expõe humanos. O brilho da essência sai do fosso, vara as camadas que os falseamentos colocaram sobre ela. Caem por terra as pretensões, os orgulhos, as vaidades. Quando o corpo deságua e se confunde no oceano das vicissitudes, tudo em nós fica pronto para morrer. O medo nos faz desejar a misericórdia divina. Inflama-se em nós a necessidade de retornar ao ventre da vida, de dobrar nossos joelhos diante de alguma promessa, de algum mistério. Desprovido das disposições de antes, o corpo sem autonomia se desobriga de alcançar metas, de oferecer beleza aos que passam. A ele só resta o desfecho final: clamar por redenção e suplicar a piedade de Deus.

O amor também é privação.
Depois que ele se estabelece,
perdemos o direito de morrer.

9.

ANA MARIA, EU QUERIA TER A MATURIDADE QUE VOCÊ TEM.

Quem me dera desfrutar do sossego existencial que você desfruta. O seu olhar demonstra o quanto as ansiedades já foram apaziguadas. Você me olha com olhos de mar calmo. Profundo, mas brando. Um abrandecimento que alcançou até mesmo as correntes marítimas mais profundas, lá, onde o oceano é pura revolta.

Mas eu sei que ainda não posso desfrutar do mesmo que você. O amadurecimento requer o desnudamento das ilusões. E eu ainda tenho muitas. Os processos normativos exigem paciência. Como foi sepultar duas filhas, ver um filho preso? As dores são semelhantes, eu sei. Você me disse muitas vezes. A prisão do seu menino chegou a doer mais do que o sepultamento delas. A morte requer um luto diferente da prisão.

Eu me recordo, Ana Maria. A espera pelo corpo de Heloísa durou três dias e três noites. Um lapso interminável. Eu morava em Terra Boa, interior do Paraná. Levei um dia inteiro para chegar. Tudo doía em mim. Quando subi as escadas da casa para onde levaram você, encontrei-a sentada no sofá. O terço na mão, o rosto banhado de lágrimas. Já era noite. Dentro e fora de nós. Você estendeu os seus braços e me disse: — Oh, meu filho! — Nada mais. O seu choro manso sobrepôs-se ao meu choro convulsivo. A mansidão aplaca toda aflição. A sua serenidade alcançou o meu corpo, como se acontecesse naquela hora uma transfusão de sangue, passando o seu para as minhas veias.

A tudo você viveu sem o recurso de um entorpecimento. A morte trágica e a longa espera despertaram nas pessoas a boa intenção de darem um calmante aos seus sentidos. Mas você não quis. Escolheu estar presente. Viveu de forma consciente cada segundo daquela espera, cada fração daquela dor.

Quando chegou o carro funerário, eu fugi. Movido por um desespero que se desdobrava em tremor nas pernas, entrei pelo portão de nossa casa. Encostei meu corpo à parede lateral e chorei sozinho. E porque tudo estava imerso em absoluto silêncio, como se toda a cidade tivesse cessado o seu ir e vir, o trânsito que embrulha corpos e espíritos num ritual de ordinária rotina, eu ouvi o movimento do carro parar, o motorista descer, a porta traseira ser aberta.

Quando me aproximei do portão e alcancei um detalhe daquela cena triste, nele você estava. Mãos postas, terço na mão, rosto coberto pela dor mais triste que um ser humano pode viver – a perda de um filho –, você estava em estado de prontidão. Como sempre esteve. Disposta ao recrutamento que a vida lhe impunha naquela hora. Olhos abertos para tudo ver, coração de fora para tudo sentir.

— Por que a imagem de Jesus tem o coração fora do peito, minha mãe?

— Porque ele não tem a nada a esconder de nós, meu filho!

A pergunta comandada pela inocência, amarrada à resposta comandada pela sabedoria, feita num passado distante, varava as idades da minha pele, fazendo sentido, naquele momento.

Humilhada pela dor, vitimada pela fatalidade que colheu uma das habitantes do seu ventre, nada em você permanecia oculto. O avesso da alma à mostra, as tramas ocultas da falibilidade, a parte humana que não vence, não suporta, sucumbe, mesmo quando alicerçada pela fé de que Deus nos carrega em seu colo.

Tudo estava à mostra. Mulher em estado de desvelamento. O açoite do fato havia desnudado o que estava ao alcance dele. Mulher cativa, covardemente condenada a receber a filha morta. Quando soou em seus ouvidos a notícia de que Heloísa havia chegado, você saiu da casa em que estava, atravessou a rua, aproximou-se do carro funerário, para recebê-la, pela última vez.

Protegido pelo portão, vendo o acontecimento por uma fresta da madeira, eu entrei dentro de você. Percorri os caminhos de sua dor, andei pelos labirintos de sua desolação. Você estava em pé, ao lado da porta aberta. Depois de três dias de choro manso, voz calma, o desespero conseguiu alcançar a parceria de sua voz. Olhando para aquela urna que veio de tão longe, você finalmente gritou: — Oh, minha filha! — Sua única frase.

A filha deixou de ser sua. Cessou o tempo de pertencimento corpóreo. O corpo seria sepultado, os pertences dela seriam divididos. Você foi buscá-los, uma semana depois, em Belo Horizonte. Foi sozinha. Segundo os relatos de quem a recebeu lá, você entrou no apartamento, sentou no chão da sala, e chorou o desespero de quem adentrou um sepulcro vivo. Reuniu tudo o que dela estava lá, voltou para casa. Você e as coisas de sua filha morta.

As coisas falam, Ana Maria. Como falava a marmita que você preparou, religiosamente, durante quatro anos, para levar ao seu filho preso. Cumpria-se, diariamente, a promessa que fizera a si mesma, de nunca deixá-lo apartado de nossa mesa. Fazia o almoço mais cedo, atravessava a cidade, chegava ao presídio e vivia o constrangimento de ver um carcereiro revirar o alimento que você havia preparado com tanto amor.

O protocolo era cumprido, mesmo sabendo que você seria incapaz de esconder naquela marmita algum objeto que pudesse funcionar como arma. O que eles não sabiam nem suspeitavam, era que aquele pequeno objeto metálico, redondo, tampado com um prato esmaltado, envolvido por um pano de prato, era um bilhete de amor. A marmita era um elo eucarístico que recolocava à nossa mesa o filho ausente. Ele se alimentava do mesmo que nós. O simbólico era construído para que a alma não sofresse a mesma prisão que o corpo.

Você conhecia a inocência de seu filho. Foi preso e enquadrado como traficante, mas era apenas um usuário. Eu me lembro de quando a viatura policial parou diante de nossa casa. Era véspera de Natal. Você estava feliz, pois ele havia chegado. Há muito tempo não o via. Você se orgulhava do quanto ele era trabalhador. Foi recebido com festa. Enquanto preparava o almoço, você cantava. O policial bateu à porta, eu fui atender. Você veio logo em seguida. A notícia derramou quatro anos de tristeza sobre nós.

Quanto tempo duram as consequências dos fatos que nos feriram? É possível dizer que ficamos completamente curados? Ou acomodamos as feridas de um jeito a não perceber o sangramento delas? Quanto tempo dura o luto de perder uma filha, Ana Maria? Ou de ver um filho preso? A liberdade estanca a sangria? Ou ela apenas põe um remédio sobre a ferida exposta? Quando você precisou sepultar outra filha, ocorreu-lhe a sensação de já conhecer o caminho que a vida impunha aos seus pés? Foi tão triste. Mas você esteve presente. Como da primeira vez. Já sem as habilidades físicas de antes, ficou sentada ao lado dela, como se quisesse prestar a atenção nos detalhes do rosto, das mãos. Como é ver uma filha sabendo que será pela última vez?

A vida vai desmentindo os nossos excessos. Precisamos de tão pouco, mas levamos tempo para colocar essa verdade sobre a mesa. Nossas inferioridades nos sequestram, nos aprisionam nos cárceres da compulsão. Os que comandam as regras do consumo sabem disso. Somos por eles vitimados. Uma vítima é alguém cujas fraquezas podemos explorar. E eles exploram. Puxam o cordão da inferioridade e nos convencem de projetos infinitamente superiores às nossas necessidades.

Nossas casas nos desabrigam mais do que nos protegem. Por quê? Porque são construídas sob o domínio de nossas carências. Depois de prontas, vamos percebendo, como quando ficamos diante de um quadro, que só o passar dos dias nos permitisse compreender a cena. Casas imensas para necessidades miúdas. Ou coisas demais para necessidades de menos. O que nos falta por dentro a gente quer construir de fora. Mas de nada adianta, Ana Maria.

Quando você precisou sepultar outra filha, ocorreu-lhe a sensação de já conhecer o caminho que a vida impunha aos seus pés? Foi tão triste. Mas você esteve presente. Como da primeira vez. Já sem as habilidades físicas de antes, ficou sentada ao lado dela, como se quisesse prestar a atenção nos detalhes do rosto, das mãos. Como é ver uma filha sabendo que será pela última vez?

Você sempre sonhou ter uma casa. Custou a ter uma. Depois, teve duas. Muito simples, mas suas. Numa delas eu nasci, numa outra, eu cresci. Quando pude lhe dar uma com um pouco mais de conforto, criei ocasião. Eu a convidei para dar uma volta comigo. Quando paramos diante dela, dei as chaves em suas mãos e disse:

— Pode entrar, esta casa é sua!

Por tudo você agradeceu, mas havia um objeto que parecia ofuscar todos os outros. Um objeto simples que lançou sombra sobre móveis, quadros, cortinas, decoração. Um galão de água mineral, colocado sobre uma base de onde sai uma torneirinha. Você me olhou, sorriu e, como se fosse uma criança a receber um presente, disse:

— Eu sempre sonhei ter um desses!

A sede que temos de matéria termina quando somos inevitavelmente colocados diante dos términos da vida? A proeminência da morte decanta os excessos? É possível precisar quando é que seremos visitados pela iluminação que nos permite reconhecer o encanto que há num galão de água mineral sobre a pia?

As coisas não nos deixam mais ricos, Ana Maria; apenas mais pesados. O que nos enriquece é o sentimento que derramamos sobre elas. Depois que são visitadas pelo sentimento, elas passam a significar. Só desfrutam dessa sabedoria os que já retornaram à jurisdição da infância, quando a essência assume o comando, faz as perguntas certas, dispensa as hipocrisias, permite a emersão das questões que mantivemos adormecidas. E nada poderá colocar um fim ao processo, pois quando o novelo do tempo é puxado, fica impossível impedir que não se desenrole. O desenrolar do fio traz à margem todas as nossas idades. Passamos a limpo as escolhas que fizemos, as imposições que absorvemos, os mortos que nós sepultamos, o amor que não amamos. Identificamos o nome, o rosto de quem nos violentou. Colocamos na tribuna os "eus" expatriados, negados, violentados. Damos a eles o direito de fala.

Nos escombros de nossa história há muitos sobreviventes. E eles querem dizer o que sabem de nós. Enquanto vivíamos, contemplavam de dentro. São testemunhas qualificadas. Conhecem os avessos, viram a inteireza do que víamos fragmentado. O que sabe de si, Ana Maria, a mulher que viu morrer a primeira filha? O que ela teria a dizer à mulher que viu morrer a segunda? Que segredo guarda a que viu o filho ser preso? O que suas Anas podem dizer à Ana de hoje? Você as escuta? Conhece a voz de cada uma delas?

Os santos devem espreitá-la,
Ana Maria. Eles não descansam.
Estão sempre imbuídos de
resolver as questões que suas
mãos não alcançam. Mas movê-los
com promessas e novenas
não seria compreendê-los
mesquinhos como nós?

10.

CONTE-ME UMA HISTÓRIA, ANA MARIA. QUALQUER UMA.

Você só conta histórias boas de se ouvir. Conte-me uma sobre o meu pai. Do pai que eu não conheci. O que dele a mim permaneceu oculto. Conte-me sobre o meu pai que era só seu. O homem que só você viu de perto, sem as vestiduras da responsabilidade de ser progenitor, provedor da necessidade de todos. O homem desnudo para o seu prazer. Como era ele quando só seu? Ele era bonito, eu sei. Elegante no porte, feições bem-feitas, corpo construído pelo serviço com as pedras. A voz máscula, bonita, nunca perdida no excesso de palavras.

Certa feita, corada de vergonha e consciência, sabedora de que nem tudo o que é nosso precisa pertencer aos outros, você me confessou que as relações sexuais nunca foram totalmente desnudas. Excesso de pudor da primeira noite, que se estendeu vida afora, compreendido por ele. A união carnal sob a proteção de um lençol, uma camisola, qualquer tecido que pudesse cobrir e sinalizar o princípio da inviolabilidade do corpo. É acalentador saber. Não é confortável ao coração filiado saber das aventuras sexuais de sua mãe. Ah, Ana Maria, mas ando tão curioso. Como foi a primeira noite? Ah, este seu jeito de rir. Tanta inocência polvilhando a maturidade! O seu medo, a ausência de prazer, o corpo se submetendo às disciplinas do casamento.

Quantos anos você tinha quando se casou com ele? Dezesseis incompletos? Meu Deus, ainda adolesciam as suas entranhas! Era tempo de ser menina, não era? Nem a primeira menstruação já havia chegado, eu sei, você já havia me contado. No dia do seu casamento você foi encontrada brincando com as amigas, fazendo guisadinho, no fundo do quintal de sua casa. Uma história mil vezes contada. Conta de novo.

Um casal de padrinhos chegou para ver a noiva. Mas onde estava a noiva? Brincando com as amiguinhas, sim, no diminutivo, como você ainda fala, porque a linguagem que constrói a lembrança continua sendo construída pelo ventre da inocência. A noiva estava atrasada para o casamento porque estava entretida com os descompromissos da infância, conduzida pela ludicidade que a idade pedia e permitia.

O sexo não foi bom? Mas não sem motivo, meu amor. Você era uma menina. Mas ele foi cauteloso, eu sei. O quarto simples, a cama preparada por sua mãe, o marido escolhido por ela, um homem que pegou você no colo. Natinho, o afilhado de Mariquita, o menino que cresceu com seus irmãos, que tinha nove anos quando você nasceu, de repente, num movimento cuidadosamente arquitetado por sua mãe, estava a sós com você, naquele cômodo, estreito para tanto pudor, grande demais para tão pouco amor, numa casa que improvisaram para que fosse sua.

De nada adiantou anteriormente você dizer:

— Mãe, eu não gosto dele. Eu não quero me casar.

Mariquita encerrou a questão, com seu tom peremptório habitual:

— Amar a gente aprende.

E você aprendeu.

Tomada pelo pavor de não aprender, correu, ficou diante da imagem de São Vicente Ferrer, a mesma que ainda hoje continua no altar principal da Matriz de nossa terra, e pediu:

— Oh, meu São Vicente, se o senhor me ajudar a criar amor pelo meu marido, eu prometo que o meu primeiro filho vai ter o nome do senhor!

O amor foi criado, o filho Vicente chegou, inaugurando uma sequência de filhos que nasciam e morriam naturalmente. Nunca houve um corte para facilitar a vinda dos rebentos, nunca uma anestesia. Sempre em casa, com parteiras, correndo todos os riscos que uma gravidez pode representar para uma mulher.

— Geraldo estava sentado até na hora de nascer! — você dizia.

O desespero da parteira não a contaminou. Sua farta legião de santos estava à disposição para acudir seus desesperos.

Outra promessa:

— Oh, meu São Geraldo, se essa criança virar e nascer como tem de ser, se for menino, eu prometo, vai ter o nome do Senhor!

E assim se cumpriu. Geraldo não se tornou Geraldo quando nasceu, mas quando resolveu sair da cadeira imaginária que existia no ventre e colocar a cabeça na direção do túnel de suas entranhas. Os santos devem espreitá-la, Ana Maria. Eles não descansam. Estão sempre imbuídos de resolver as questões que suas mãos não alcançam. Mas movê-los com promessas e novenas não seria compreendê-los mesquinhos como nós? Devem dizer, entre eles:

— Fiquem de olho nela. Qualquer dificuldade e ela vai prometer homenagear um de nós.

Deu certo. Quando você quis mudar da casa que jurava ser assombrada, pois ouvia barulhos no telhado, mãos invisíveis retirando água do pote, abrir e fechar de portas, ajoelhou-se diante de Santa Zita, recrutou a fé que sempre abriu seus caminhos e pediu que a santa viesse em seu socorro:

— Se eu conseguir sair daqui, a próxima menina que eu tiver vai se chamar Zita.

Dito e feito. O meu pai acreditou nos seus medos, vocês se mudaram de casa, nasceu uma menina, a promessa foi paga. Quem deu o nome à Zita não foi você. Foram os fantasmas do seu medo.

Um santo para cada necessidade. Um filho para testemunhar a sua gratidão. Uma Lourdes para a Virgem de Lourdes, uma Aparecida Vitória para a Nossa Senhora das Vitórias, um Camilo de Lellis para honrar São Camilo de Lellis.

Quando irrompeu aquela que seria a última gravidez, três santos entraram na disputa. Santo Antônio - o seu preferido - caso fosse menino; Santa Heloísa e Santa Inês, caso fosse menina. A difícil escolha não a perturbou, pois intuía que o último filho seria Antônio. Quando o choro ecoou no quarto, a parteira anunciou — É menina! —, não houve conflito, e sua decisão foi imediata. Seria impensável desapontar uma delas. A menina ganhou o nome de Heloísa Inês. Apertou numa mesma existência dois compromissos, pois não queria criar contendas no céu.

Depois de cinco anos de descanso, quando já era impensável passar por todos os sofrimentos de mais uma gravidez, você convenceu o meu pai a ter mais um filho. Como você gosta de dizer, o seu coração pedia - como se ouvisse uma solicitação divina. O conflito dos nomes seria menor. Se fosse menina, seria Doriana, resultado da trágica mistura de Dorinato, meu pai, com Ana. A margarina ainda não existia. Era só um capricho seu, de reunir num mesmo nome duas vidas, homenagem a um amor que cresceu, tornou-se devoção.

Caso viesse menino, o santo a ser homenageado seria Santo Antônio, pois ainda havia uma dívida com ele. Mas, numa tentativa de conciliar a devoção com o gosto profano, cavou na história do santo português que seu nome de batismo era Fernando. Pronto. Durante toda a gravidez eu fui chamado de Fernando. O nome do ventre. Quando se cumpria o prazo de eu chegar ao mundo, começou uma novela no rádio cujo personagem principal era Fábio. Foi encantamento à primeira vista. Esquecendo-se de todo o histórico de promessas e consagrações prévias, descartou a homenagem a Santo Antônio e me registrou como Fábio. Tentado a pensar a eternidade com os limitados recursos humanos que tenho, é bem provável que Santo Antônio não queira mais graça com você.

11.

A VITUALHA QUE LEVAMOS NO ALFORJE NOS SACIA, MAS A FOME É ETERNA.

O pão é temporário, pertence à cadeia dos entorpecimentos transitórios. Saciamento que prescreve. É assim que seguimos, Ana Maria. Alimentados, esfomeados, pedindo ajuda aos santos, colocando enfeites nos despojamentos que não suportamos. Mas a vida não suporta enfeite. Não tolera o disfarce, não perdoa o embuste. A crueza, e só. Por que digo isso? Porque seus olhos me ditaram. Não há nada que eu possa lhe oferecer que você não tenha me oferecido antes. É movimento de devolução. Aprendi observando-a, espiando os labirintos de sua alma. Você é meu pão. E o problema do nosso amor é justamente este – impus-lhe o fardo de me alimentar eternamente de você.

O desamparo existencial não termina quando você chega, mas alivia. Ou não. O sofrimento que não chega a desconstruir o sorriso é o mais difícil de todos. Ele é íntimo, particular. As lágrimas nunca são autorizadas, pois elas só são compreendidas quando desencadeadas por fatos tristes, tragicidades. O choro que advém do silencioso processo de saber quem somos é severamente cerceado. Chorar porque dói ser gente? Chorar porque regularmente somos acometidos por uma tristeza que não sabemos decifrar? Não, ninguém tolera esse supérfluo. Há os que vociferam:

— É falta de Deus!

Não, não é, Ana Maria. Na inadequação Deus também está. Não é de todo mal que Deus nos livra. Não é de toda solidão que Deus nos priva. A nossa sorte é que o espírito humano é capaz de criar os receptores da angústia. Eles funcionam como simulacros que autorizam as nossas lágrimas. São os enfeites impermanentes. Choramos com a mentira encenada nas telas, nos palcos, nas páginas. A arte ludibria o entendimento emocional. A ficção existe porque precisamos chorar as demandas de nossa condição, nossas crises, nossos conflitos. Ela catalisa o que de nós é sofrido, ausente, abandonado, órfão. Ela sacia a fome que Deus não pode saciar.

Nem tudo é sobre Deus. Mas tudo Nele tem origem, eu sei. Depois se perde, vira nosso, essencialmente nosso, tão humano que desconserta, destranscende, desdiviniza, retrocede a Adão, embrenha-se nas entranhas de Eva, volta ao ventre do chão, reencontra o sal infértil dos inícios, o caos de onde tudo foi moldado. E, então, somos só o que somos. Sem auxílio, sem intercessores, facilitadores que se sintam bajulados com a nossa homenagem e que venham desvirar a criança em nosso ventre, que venham providenciar casa para o nosso abrigo. Tudo à troca de um nome, um único nome. Um nome que será diluído na infinidade de outros nomes.

Não é toda memória que construímos que merece o resguardo do afeto. Algumas requerem o esquecer. Não é sem motivo que o tempo traga com ele o afrouxamento das capacidades cerebrais. Também é descanso descredenciar a capacidade lógica, abrir mão do específico humano, o atributo que nos concede a destreza de somar os números de tudo o que nos cerca, transformando a experiência de ser quem somos numa insuportável equação de álgebra. A poética é mais atraente, sobretudo na velhice, quando ficamos mais dispostos a ouvir o íntimo das coisas. Mas as coisas não dizem sozinhas. O que delas ouvimos também é imaginado. Cada um imagina como convém, pois a imaginação constrói nossas rotas de fuga.

O relógio da minha sala tem voz. Fala comigo como um menino fala a outro menino. Mas também é dito por mim o que ele fala. O que

Nem tudo é sobre Deus.
Mas tudo Nele tem origem, eu
sei. Depois se perde, vira nosso,
essencialmente nosso, tão
humano que desconserta,
destranscende, desdiviniza,
retrocede a Adão, embrenha-se
nas entranhas de Eva, volta
ao ventre do chão, reencontra
o sal infértil dos inícios, o caos
de onde tudo foi moldado.

dele ouço é resultado de minha capacidade de criar interpretações, narrativas, enredos que colocam a palavra em sua boca. O relógio diz o que eu gostaria de ouvir. Ou não.

Se sou movido por um inconsciente machucado pelos traumas dos que fizeram a tutoria de minha indigência emocional, é natural que ele tenha a voz de meus algozes. Ou a voz dos que me curam. A voz das coisas é construída pelas pessoas que moram em nós. O filme me comove, afeta, porque encontrou uma pessoa que em mim compreendeu o que ele pretendia dizer. E me diz de um jeito diferente do que disse ao outro, que também está procurando uma corda para sobreviver ao naufrágio da existência. Às vezes sentenciado pelo determinismo da equação de álgebra, às vezes consolado pela poética, pela voz das coisas.

É possível dar alívio ao desassossego de ser quem somos, Ana Maria? Ele é inerente à condição humana, espinho na carne, condenação que cumprimos, ao longo da vida. Somos "degredados filhos de Eva". O autor da oração decifrou bem a nossa condição. De vez em quando um poema traz alento, mas não dura, logo passa. A beleza se debruça sobre o ferimento de nossa alma. O idílico das palavras se presta a ser unguento. Mas não cura. Incuráveis. É o que somos.

— Põe música sobre esta dor, menino! Come um poema de hora em hora, cura a tristeza — recomenda a mãe.

É só o que podemos. A catarse é possível, mas pede liturgia. A distância que nos separa da cura de ser quem somos é intransponível, mas a brevidade do bem-estar é possível. A solidão é inevitável. Ainda que seus dedos entrelacem os meus, é em profundo estado de solidão que vivemos. Fazemos a travessia sozinhos. E não há amor que seja capaz de fazer desvanecer essa vala de desesperança.

Há sempre um terço em suas mãos. Você prefere os que são feitos de "contas de lágrimas". Nome sugestivo para um instrumento que conduz a oração, já que ela costuma ser movida pelos motivos dos que choram. Os que fraquejam, esmorecem, contam suas lágrimas no terço de contas. A oração burla o tempo, alça a

A catarse é possível, mas pede liturgia. A distância que nos separa da cura de ser quem somos é intransponível, mas a brevidade do bem-estar é possível. A solidão é inevitável. Ainda que seus dedos entrelacem os meus, é em profundo estado de solidão que vivemos. Fazemos a travessia sozinhos. E não há amor que seja capaz de fazer desvanecer essa vala de desesperança.

breve satisfação de se entorpecer de esquecimento. A alma aquebrantada derrama sobre as carnes os hormônios do bem-estar. O torpor aplaca e subjuga ao silêncio as vozes da insuficiência. Quebra-se, momentaneamente, a força da primeira condenação, como se a serenidade concedida pela prece sacrificasse de vez as consequências do pecado original.

O pecado original não é pecado nem é original, dizia o meu falecido professor Ulpiano Vázquez Moro. Hábito de retórica? Não sei. O que dizemos sobre o que pensamos já está subtraído pelo limite de nossa cognição. Eu sei que peco, mas a minha capacidade de argumento não alcança o significado do que sei ser pecado. Para ser pecado é preciso haver matéria grave, liberdade interior e deliberação. Quando é que somos livres, Ana Maria? Também há um limite em dizer o que nos limita. Quem resguarda a inteireza do que pensamos é o silêncio.

12.

SENTE-SE, ANA MARIA. VOCÊ JÁ CAMINHOU MUITO.

Quero lhe dar este conforto. O de só andar quando quiser. O conforto de ter tudo à mão. Na memória de seus músculos está o registro de suas múltiplas peregrinações. Todas elas foram feitas para favorecer alguém. Quase nada dos seus passos foi para construir seu descanso, seu conforto. As estradas registradas em sua carne comeram a saúde dos ossos. Os padecimentos do corpo são resultados da fuga do mineral que provém a saúde dos ossos.

Recorda-se da sua primeira fratura de fêmur? Foi identificado um processo de descalcificação bastante avançado. Eu perguntei ao médico as causas.

— Sua mãe deu osso para muita gente! — respondeu, simplificando a ciência.

Para cada um dos onze filhos, três fora de tempo, como você costuma dizer, houve uma doação. A maternidade esquarteja, retira da fonte, compartilha a vitalidade.

A fratura lhe deixou uma sequela. Você passou a andar claudicante, sem a destreza de antes. A sua limitação modificou nossos encontros. Sempre que eu estava ao seu lado, precisava diminuir o passo para tê-la ao meu lado. Não seria justo lhe impor a minha pressa. A experiência me fez entender que amar é entrar no tempo do outro. O novo limite desmobilizava a capacidade que o seu corpo tinha de obedecer.

A desordenação dos comandos, entre mente e corpo, se manifestava no passo vacilante. Estar ao seu lado ganhou novo significado. Passei a ser pai de sua deficiência, tutor de sua inabilidade.

— Apoie-se no meu braço, Ana Maria.

Recorda-se? Descobrimos o significado do apoio, invertemos a ordem da vida, pude ser o que você foi para mim no passado. Meus primeiros passos foram protegidos pelo seu olhar, realizados sob a sua jurisdição. Apoio que encorajou o desenvolvimento da autonomia. Cuidado que inaugurou meu passo, capacidade que hoje comando e calculo.

Eu também estou cansado. Ando depressa demais. O seu ritmo me faz bem. Impor lentidão ao passo facilita perceber o erro de rota. A pressa obscurece a percepção, condiciona à mecanicidade o que deveria ser voluntarioso. Escolher é atributo essencialmente humano. Enquanto os animais são movidos pelo instinto, nós podemos escolher, orientados pela consciência. As escolhas possibilitam, mas também condenam, porque delas se desdobram perdas. Nossas desvivências se alojam nos avessos de nossas vivências. Como se obedecesse a um misterioso comando dialético, a memória nos recoloca diante delas. Sempre haverá uma sombra sob o que elegemos viver. As possibilidades descartadas criam mecanismos que nos atormentam, pois não costumamos escolher e esquecer. Escolhemos, mas deixamos a brecha por onde o que foi descartado nos espia. De vez em quando ele acena, pede a palavra, solicita ser reconsiderado. E se?

O andar lento não nos livra do conflito, mas facilita a digestão emocional. Escolher e prosseguir é um benefício de que só desfruta quem ruminou o processo da escolha. Foram muitos os seus conflitos, Ana Maria? Não houve muitos? Ficava com o que restava da vida? Eu entendo. Um condicionamento inevitável para quem não pode abrir o leque das alternativas.

As escolhas possibilitam, mas
também condenam, porque
delas se desdobram perdas. Nossas
desvivências se alojam
nos avessos de nossas
vivências. Como se obedecesse
a um misterioso comando
dialético, a memória nos
recoloca diante delas. Sempre
haverá uma sombra sob
o que elegemos viver.

Mas como foi seguir, sendo condicionada pelas circunstâncias? Uma peleja, eu sei. Gosto de sua relação com o verbo pelejar. Demonstra bem o quanto a sua existência foi conflituosa. Foi labuta. Outro verbo que costuma colocar ação nos seus dias. Labutou sem tréguas. Com o marido, com os filhos. Sossego, se houve, só em intervalos de descuido. Porque se cuida, ah, se houver cuidado, minha querida, o sossego faz as malas e deixa a casa. Cuidar é ampliar a situação. Descomprometer-se, abandonar à sorte favorece a paz. Cuidar requer prontidão para o conflito. Mas a paz que o descomprometimento germina nunca lhe satisfez, eu sei.

Por mais tortuoso que fosse o caminho do cuidado, foi por ele que você costumeiramente escolheu seguir. Cuidando e perdendo a paz. Uma labuta inglória? Só aos olhos de quem não via o interior de suas intenções. O que você queria era o sossego do amor, o deleite de reunir a prole em torno de suas saias, pôr ordem no mundo que lhe cabia governar, esparzir em cada boca o sal da purificação, derramar em cada fronte o óleo da santificação.

Descanse agora. Todas as suas urgências passaram a ser minhas. Confie. Desobrigue-se de cuidar de quem quer que seja. Eu estou aqui. Farei o que for preciso por você. Por ora desenho em sua fronte o santo sinal da cruz. Ele reanima os ossos da alma, desperta a paz inquieta da honesta batalha, promove o descanso dos que bordam, em segredo, suas reconciliações.

O amor é uma neurose que podemos administrar. Ou não. Ninguém ama estando são. Ninguém é livre quando ama. A loucura se estabelece quando a mãe conhece o rosto do filho. Quando retribui o primeiro olhar, o amante se condena ao desmantelo da razão. Não é possível amar e permanecer impune. Pagamos com o desassossego, o desarranjo interior que não permite o pregar dos olhos, transformando a vigília da noite numa espera torturante. — A que horas chegará? Vou ligar para saber se está tudo bem. Não posso, vou parecer possessiva. — Mas há amor sem posse? Não sei. Talvez haja o amor sem tantos efeitos colaterais. A loucura cabresteada pelo exercício de escolha, evolução emocional, pode ser.

Há nomenclaturas elegantes para distúrbios mortais. Ama, mas não sufoca. É possível, Ana Maria? Talvez sim. Você sempre amou me alforriando, deixando partir, colocando asas em minha vontade, incentivando meus voos. Mas a que custo? Não precisa dizer. A imprecisão também é uma condenação inevitável. Nem tudo é matemático, nem tudo pode ser esclarecido pelos números, pelas estatísticas. Também nos enlouquece o não saber quantificar. Olhar para o que sentimos e reconhecer a inaptidão de não poder mensurar, construir uma resposta.

Angustia-nos o que da razão nos escapa, porque somos ávidos pelas transparências, esquartejamentos cartesianos, evidências, respostas que esclarecem, ainda que inférteis. Mas não seriam as perguntas a força motriz que nos prende ao sentido da vida? Mas há algum sentido? É certo que há, mas boa parte das pessoas que passam pelo mundo nem tocam a questão.

Filosofar só é possível no ócio. As inúmeras atribuições da vida prática, a urgência da sobrevivência castram a nossa dimensão filosófica. O cinzel de nossas indagações não quebra a côdea da realidade. Nós nos ocupamos com as superficialidades. Perguntamos sobre o fútil, sobre o ordinário, e só.

Mesmo quando estamos no âmbito da transcendência, do sobrenatural, materializamos a experiência. Dizemos ter fé, mas queremos sinais, visões, provas concretas da existência de Deus. Nunca perguntamos a Ele sobre o sentido de ser quem somos, de fazer o que fazemos. Raramente trilhamos a estrada religiosa que nos permite desembocar no manancial do sentido das coisas. Trilhamos o caminho que nos infantiliza, que nos faz crer num Deus que vive para resolver o que nós deveríamos resolver. Um Deus a quem vivemos pedindo favores, intervenções, soluções mágicas que nos desobriguem da responsabilidade humana de pôr em ordem o que nos diz respeito. Dificilmente encontramos na religiosidade o dom do entendimento. Não costumamos navegar pelo oceano da religiosidade à caça das questões fundamentais. Por que existimos? Por que amamos? Por que somos capazes de construir significado para o sofrimento que sofremos?

Nossas questões são rasas, Ana Maria. Varamos anos e anos de existência num desperdício injustificável de porquês. Enquanto o sentido oculto do que nos é essencial permanece em absoluto estado de repouso, reviramos o caldeirão das questões que não alteram nem qualificam a vida que vivemos.

Sim, a qualidade da vida está intimamente associada à qualidade das perguntas que resolvemos fazer. Perguntar diminui a dor de ser quem somos? Não, mas proporciona o deleite do viver consciente. No conflito filosófico há prazer, acredite. A náusea recebe o indulto do esclarecimento.

A crença em Deus não nos esclarece sobre o nosso destino final, mas a busca incessante pelo direito de orbitar na dúvida, sim. Não se trata de um esclarecimento que cessa a curiosidade, pelo contrário. Orbitar nas dúvidas fundamentais alimenta o elã que nos prende à vida. É um constante viver encantados, ainda que não consigamos entender. A dúvida nos revela o sabor da ausência, o vazio que preenche, mas também atordoa. Tudo ao mesmo tempo. É a contraditória luz do breu, do escuro que também ilumina, da pergunta precípua que põe em nossas veias o sangue da criatividade, reorienta escolhas, desautoriza a arrogância, semeia sabedoria, fomenta a tolerância com os nauseados que cruzam o nosso caminho.

A superfície tem seus encantos, eu sei, mas é na profundidade que estão dispostos os arquétipos que nos encaminham ao que de nós merece ser visto. Ser humano é assombro, Ana Maria. Tudo o que nos envolve pode ser sublime. Até mesmo a nossa insuficiência. Somos a única criatura no universo, que por nós é conhecido, capaz de atribuir sentido ao que vive. Somente nós ritualizamos os motivos, inventamos comemorações, celebramos as datas, erguemos altares, arregimentamos a liturgia das coisas. Dispomos de capacidades não compartilhadas com outras espécies. Pintamos, escrevemos, esculpimos, interpretamos, compomos, dançamos, rezamos, bordamos, negociamos, quantificamos, dividimos, multiplicamos, somamos e subtraímos.

Por ora desenho em sua
fronte o santo sinal da cruz.
Ele reanima os ossos da alma,
desperta a paz inquieta da
honesta batalha, promove o
descanso dos que bordam, em
segredo, suas reconciliações.

Reside em nós uma insondável capacidade de construir um significado para o nosso sofrimento físico, emocional. Um animal, não. Ele sofre e não é capaz de significar o que sofre. Vive aprisionado no ser que é, num ser que não é consciente para expandir-se, alcançar novos horizontes da evolução.

Nós, humanos, somos capazes de ficar frente a frente e compreender o significado do encontro, olhar nos olhos, como agora estamos fazendo, e reconhecer, com o auxílio da memória, o que significamos um para o outro. Você gostaria de aprender Filosofia? Por que não? Já está velha para isso? Mas a boa Filosofia nunca é feita por gente jovem, meu amor.

13.

EU CAMINHO NOS CAMINHOS DE SUA PRESENÇA EM MIM.

A nossa conjunção repatria os seus fragmentos, concede unidade à sua existência. A mãe que você é para mim não é a mesma que é para os meus irmãos. Com eles, com cada um deles, uma outra mulher, uma inédita maternidade. A mulher que amo é a que possuo, indivisa, manifestada neste conturbado e misterioso processo de pertencer. A mulher que você é para meus irmãos às vezes me irrita, pois foge ao controle do que considero justo.

O sofrimento que lhe impuseram e a forma como dividiam com você as consequências dos erros que cometiam despertam minha ira. A sua capacidade de amá-los e compreendê-los me afronta. Repudio sua constante complacência, sua incapacidade de reconhecer um defeito deles. É afrontoso vê-la cobrindo-os com a cera de sua indulgência, mergulhando-os nas abluções de sua generosidade, perdoando, sem impor-lhes nenhuma penitência. Durante muito tempo eu os responsabilizei pelas dores de minha infância. Eu nunca disse a eles. O sentimento ficou calado em mim.

Por onde andavam eles quando a vida nos sangrava no profundo da noite, quando o coração da casa pulsava no ritmo do medo? A rotina deles era inalterável. As rotas de fuga estavam sempre traçadas. Todos saíam. Só nós dois ficávamos, em tortuoso estado de espera. De tudo eu me recordo. Ressinto cada elemento da cena que nos envolvia. A solidão da noite, o pai ausente, a nossa vigília, entrecortada pelos seus passos percorrendo as pequenas distâncias da casa, varando paredes, andando os caminhos imaginários, os becos que a colocariam diante dele. Encontrá-lo, identificar os detalhes da traição, sentir a tristeza de confirmar com os olhos o que a desconfiança já havia enxergado. Ficar diante da outra, a invasora, a de nome estranho: Gersônia, o rosto que você conheceu porque eu vasculhei uma roupa dele, recém-chegado da rua. A foto esquecida no bolso, descoberta por mim.

O desejo de que você não visse foi em vão.

— Quem é esta mulher, Natinho?

A resposta que não veio, a ira que se desencadeou, o litro de cachaça que foi quebrado na pia, por ele. Uma explosão de fúria, seguida de um bater de portas. Mais uma vez a sua conversa com os santos.

— Oh, minha Nossa Senhora das Dores, se eu não estiver errada, eu vou reunir todos esses cacos sem me cortar com eles.

E assim foi. A recolha entre lágrimas não provocou corte nas mãos. O sangramento era outro. O sangue da alma, da dor que dilacera o coração que não sabe dividir o homem que São Vicente Ferrer a ajudou a amar. O corte que os olhos não alcançam, que o remédio não cura, que o curativo não estanca. A noite fria, o silêncio intercortado pelo medo de que ele retornasse. Como chegaria? Com a calma que o fazia me colocar ao colo e dizer que me amava, ou com a fúria que o fazia gritar tudo que a sobriedade não lhe permitia?

Duas formas de chegar de um mesmo homem. O álcool parteja o improvável, põe sangue nas vivências adormecidas, destrava a língua para a manifestação do ódio, mas também para a manifestação da ternura. Alcoolizado, o meu pai era um outro homem. Morria o que dele sabíamos, como se um outro ventre o partejasse, dando um outro espírito ao corpo que conhecíamos bem. Uma transposição espiritual que nos fazia temer e rechaçar, aquele que, antes do primeiro gole de cachaça, nós amávamos e queríamos por perto.

Eu e você, sempre nós dois. Sua dor transbordava e vinha morar em mim. Avalanche que nunca soube conter, sofrimento que desconstruía as regras da diferenciação, o que estilhaçava o princípio da alteridade, individuação que nos outorga a convicção de que eu sou eu, nunca sendo o outro. A identidade é o resultado de negativas e afirmações, construção inerente ao processo de autoconhecimento. Mas quem sou eu, Ana Maria? O seu filho, sim, sou seu filho. Mas a pergunta é retórica, vai além do que sabemos sobre o que ela pode perguntar.

Há perguntas que não podem ser respondidas, nem devem ser. São feitas para que se embrenhem nas carnes da vida, funcionando como os ossos que sustentam o corpo. Perguntas que ecoam, dinamizam a busca que precisamos fazer de nós mesmos.

Quem sou eu, Ana Maria? Quem sou eu quando sofro ao seu lado? Quem sou eu quando me desespero com os seus esquecimentos? Quem sou eu quando a arritmia ameaça levar você de mim? Eu sou tantos. Um núcleo existencial que se desdobra em infinitos outros. Mas você tem o que de mim ninguém teve. Aliás, sempre me ocorre a necessidade de saber quem sou a partir do que você sempre soube de mim. Quem eu era quando ainda não sabia submeter o ser que eu era ao entendimento? Como era o filho que só você viu, percebeu, a terceira pessoa que gerávamos em absoluta solidão. Longe do meu pai, distante dos meus irmãos. Quem era eu quando só éramos nós dois?

A sua percepção sobre mim me invadiu e gerou determinismos. A permeabilidade da primeira fase da vida nos condiciona ao que o outro enxerga e exige de nós. Uma exigência velada, mitigada pela proteção que compreendemos como amor. O seu amor me exigia corresponder ao que você esperava de mim, mas o fazia de forma tão terna que eu não ousava me rebelar. Cedia, pois ouvia a voz que a boca nunca amplificava, submetia-me à submissão que me garantia a sobrevivência, o viver sob a rédea, resultado de todo amor.

Eu não suportaria enfrentar o mundo sem estar atado à sua mão. Àquela época eu desconhecia o valor irrefutável da autonomia, da proeza de ser autêntico, de viver em pleno acordo com o ser que essencialmente somos. Àquela época o que eu queria era o seu sorriso de aprovação, o abraço que me reconduzia ao leito do seu olhar, único Deus que eu sabia amar e reverenciar.

Volto a perguntar: todo amor é neurose, Ana Maria? É provável que seja. Impossível recolher alguém em si, a ele se dedicar, elegê-lo ao comando do centro de nosso mundo, sem que a recolha nos imponha as inseguranças que fragilizam a inteireza. Amor é padecimento. Voluntário ou involuntário. Os dois. Há amores que derivam das escolhas, outros, das imposições, da ordem que nos grita o inconsciente.

Sou seu filho. Desde sempre o sou. O pronome possessivo expressa a sentença condenatória, o irremediável destino de ser menos autônomo, porque se é de alguém. O meu amor por você é vivido em constante estado de medo, pois me subjuga ao pavor de perdê-la. O amor constrói sombra sobre o meu sorriso. Desde sempre impôs-me uma punição, um padecer antecipado, algoz que me acordava no meio da noite levando-me a percorrer o pequeno corredor que me colocava à porta de seu quarto. Meu pai dormindo, você ao lado, sono leve, como todo sono de mãe. Olhava-me e já sabia o motivo de eu estar ali.

— Fabinho, vai dormir, menino.

Eu voltava em silêncio. O terror noturno de perdê-la foi rotina durante muitos anos. E ele me assombrava ainda mais toda vez que via morrer as mães dos que nos rodeavam.

Recorda-se da mãe do Denis, meu colega de classe? Wadna. Tão jovem, tão bonita. A professora nos levou ao velório. Eu não tive coragem de me aproximar do corpo. Denis chorava ao lado da mãe morta. Uma tristeza que se estendia a todos os que contemplavam aquela cena. A Pietá em seu avesso. Não era a mãe que tinha o filho morto nos braços. A cena reconfigurava a tragédia. O menino vivo e sua mãe morta. A desconfiguração do vínculo, a tesoura do tempo cortando o laço que os amarrava num amor de propósito, empenho e dedicação.

Volto a perguntar: todo amor é
neurose, Ana Maria? É provável
que seja. Impossível recolher
alguém em si, a ele se dedicar,
elegê-lo ao comando do centro
de nosso mundo, sem que a
recolha nos imponha as
inseguranças que fragilizam a
inteireza. Amor é padecimento.
Voluntário ou involuntário.
Os dois. Há amores que
derivam das escolhas, outros,
das imposições, da ordem que
nos grita o inconsciente.

Quando selaram o caixão, Denis abraçou o pai. A sua pobreza emocional ficou ainda mais exposta. Ao ver o abraço que ele oferecia ao Denis, pude fazer uma leitura do futuro. Por mais que aquele homem se esforçasse para curar a orfandade daquele menino, ele jamais conseguiria. Colo de homem não tem a mesma profundidade que colo de mulher. Não porque não queiram, mas porque a natureza de todo consolo é essencialmente materna.

O cortejo saiu. Fomos ao enterro. O caminho até o Cemitério do Santíssimo era longo como o nosso desamparo. O cortejo atravessou a cidade. Carregávamos coroas de flores à frente. O silêncio era apenas intercortado pelas mulheres que rezavam o terço.

Os que estavam em suas casas, estabelecimentos comerciais, não interrompiam suas rotinas para chorar a dor que esmagava o coração do Denis. Saíam à janela, espiavam de dentro de lojas, bares e padarias, mas indiferentes ao corpo resguardado naquela urna de madeira. Eu pensava sobre o absurdo de ver a rotina se cumprindo. Ninguém deixou de fazer o que precisava ser feito. A mulher morta só comovia os seus. O absurdo era percebido por mim, Ana Maria. Um filho estava órfão, um homem estava viúvo, um lar estava desfeito, a possibilidade de um abraço entre Denis e Wadna estava morta, mas a ordem do mundo permanecia inalterável.

O enterro terminou e a volta para a casa já foi sob a sombra de uma noite recém-chegada. Eu tinha medo. O passo trêmulo desejava chegar, mas as distâncias se avolumam quando o medo está no comando. Não era inverno, mas eu sentia frio. Ao chegar em casa, deitei em seu colo e chorei. Você identificou minha febre. O corpo ressentia, padecia de dor alheia. Cumpria-se em mim a sublime liturgia da compaixão.

Somos de natureza permeável. O sofrimento do outro me açoita, pois acorda a consciência de minha fragilidade. Com ele padeço, sua paixão passa a ser minha. A indigência alheia me recorda que também sou propenso a ela. A morte da mãe do Denis me recordou que a minha morrerá também. Por isso, o medo. O amor é impossível fora dele. Não há romantismo que possa nos fazer esquecer que amar é andar na corda bamba. Equilíbrio constante. Ou desequilíbrio. Depende do quanto somos hábeis em administrar a neurose.

Os que amam não são livres,
Ana Maria. Nem para morrer.

Você é tão livre, Ana Maria. Nunca percebi em sua predileção as amarras da dependência. Deixou partir, deixou voltar. Nunca privou nenhum dos seus de escolherem os seus caminhos. Nunca se colocou entre nós e nossas escolhas. Soube ficar, soube esperar, soube perder, soube sepultar. Uma postura que nos inspirava querer a mesma dádiva.

Mas eu não aprendi. Quero, mas não consigo. Eu não sei fazer o mesmo por você. Eu ainda não sei deixar a porta aberta para que vá. Talvez seja por isso que sou consciente de que a sua morte será o dia mais triste da minha vida, mas será também o dia em que definitivamente nascerei para a liberdade. Os que amam não são livres, Ana Maria. Nem para morrer.

14.

QUANTOS DE MIM NÃO NASCERAM DE VOCÊ, ANA MARIA? QUANDO VOCÊ OLHA PARA OS MÚLTIPLOS EUS QUE SOU, QUANTOS VOCÊ NÃO IDENTIFICA COMO FILHOS SEUS?

Nem tudo de mim foi alimentado pelo cordão umbilical que me prendeu às suas entranhas. Depois que somos expulsos do ventre, a vida impõe os seus hiatos, os distanciamentos que nos colocam diante de outras formas de maternidade. A cria se perde, flui numa sequência de rumos incertos, vai pelo desvão dos descaminhos, auxiliada pelo mimetismo que põe disfarce na amargura.

A cria se perde, mas também se encontra. Encontra-se quando se perde, porque é um mesmo movimento existencial, dança que rabisca pelo chão de nossa história impressões com as mesmas informações que as digitais dos dedos. Eu também me encontro quando me perco, quando me desfaço e me refaço em múltiplos movimentos de complacências, de indulgências, mas também de procelas e de caos. Depois que me desventro, Ana Maria, quem sabe de mim sou eu.

Quem sou eu quando agora estou aqui, Ana Maria? O que deste homem presente, amparado pela atualidade, conduzido pela lucidez do agora, você reconhece como filho seu? Tornei-me tantos. Mas nunca voltei para saber o que você achava de cada um deles.

Sua discrição tão nobre, tão elevada, nunca permitiu entornar rejeição sobre os olhos com que me olhava.

Eu não posso alcançar os caminhos do olhar maternal. Pouco sei sobre o que norteia a percepção que toda mãe tem de seu filho. Olhar, rejeitar o que vê, mas ter que domesticar a repulsa, colocar sob rédeas o desejo de rechaçar, escorraçar, reivindicar o direito de não ter de conviver com a faceta filiada e seu desagrado.

O que de mim você não quis, Ana Maria? O que de mim você não quer? Dos meus irmãos eu sei bem. Falávamos sobre isso. A partilha nossa de cada dia. A lágrima que corria em seu rosto e que acordava a minha. Enquanto plantávamos um canteiro de alface, cenoura, beterraba, você desabafava suas contrariedades. Uma relação que qualquer juiz da infância condenaria. Você não sabia que o fazia, mas desde muito cedo fui exposto à matéria-prima que retira o sono dos adultos, o tormento existencial que não cabe num coração infantil. Eu me avolumava para ouvir. Era a minha mãe escolhendo contar a mim os seus temores. Mas a um preço alto, uma fatura que nunca mais deixei de pagar. Das confissões restaram o trauma, o corte não cicatrizado. Corte que me acompanhará ao túmulo, eu sei, pois do definitivo do amor sempre decorrem sombras. O trauma desenha na personalidade as teias delicadas do medo, da insegurança, do desalento. E ninguém poderá nos curar desse desamparo.

Eu enxaguei as mágoas nas fontes da vida, nos rios do tempo. Busquei as abluções que reorientam o entendimento. Tirei o pó do trauma e o que restou foi amor. Não há rancor. Tudo aconteceu como podia ser. Não vivemos consultando o manual de como convém viver. A atuação coincide com o aprendizado. O acerto coincide com o acidente. É no ato de tentar extrair um sorriso dos dias que chegamos ao ferimento. Mesmo quando bem-intencionados, Ana Maria, o amor pode não dar certo.

Nem sempre é só a dor, a causa pura. Costuma haver sobre ela a camada do que romantizamos. Ao vivido acrescentamos as porções do que imaginamos. Ele não era tão bom assim, mas, porque

A atuação coincide com o
aprendizado. O acerto coincide
com o acidente. É no ato
de tentar extrair um sorriso
dos dias que chegamos ao
ferimento. Mesmo quando
bem-intencionados, Ana Maria,
o amor pode não dar certo.

morreu, partiu, deixou de estar, revestimos sua memória com os bordados de nossas projeções. A pedra posta nos impõe uma ilegítima condenação: a de sofrer em dobro.

Sempre foi assim, eu sei. É de sua natureza sofrer pelos agregados que lhe chegam pela imaginação. Você elevava à categoria de santo o ente perdido. Ou recobria de virtudes o namorado rejeitado por Heloísa. — Um moço tão bom, pronto para casar. — Repetia, transformava em cantilena, ladainha, incansável em sua idealização. Enquanto dizia, afundava ainda mais a adaga no peito. Não sofria pelo que havia perdido, mas pelo que imaginava ter perdido. O moço por Heloísa rejeitado nem era tão bom, mas, sob a cera de sua expectativa, tornava-se perfeito, portador de conduta irretocável. Você já o imaginava pai de seus netos, trabalhador, companheiro ideal para a filha que nunca se sujeitou à doma de seus preceitos.

Eu herdei a mesma sina, Ana Maria. Este é um atributo seu que eu gostaria de devolver. Tenho por hábito conceder a aura da perfeição às realidades que deixam de me pertencer. A memória que tenho do Seminário de Lavras não corresponde à realidade que lá está. Sou constantemente invadido pelas boas lembranças que a casa deixou em mim. Eu lá me vejo. Corredores largos, cômodos imensos, jardins magnânimos. Mas quando lá retornei, vinte anos depois de ter partido, não reencontrei o lugar que minha memória me entrega costumeiramente. Corredores estreitos, cômodos comuns, metragens comportadas, jardins miúdos. O tempo se imiscui na mente, reformula a experiência vivida, põe os acréscimos que julga válidos. Depois, quando a memória abre a gaveta, o que encontramos é um emaranhado de detalhes irreais, acrescidos, configurando a mistura que se torna impenetrável, nunca aceitando ser auditada.

O que realmente vivemos, Ana Maria? É possível separar o joio do trigo, apartar os carneiros dos cabritos? A dor que sentimos não gosta de se submeter ao esquartejamento da razão, pois geralmente termina desqualificada. Ninguém quer ouvir: — Você está sofrendo pelo que inventa. Está sofrendo porque gosta do sofrimento. —

Depois da consciência
desperta, tudo é pecado,
Ana Maria. Ou tudo é
manifestação de Deus.
Depende da competência
do terapeuta que conduz
a neurose.

Construir relevância no estado de vítima é tão comum entre nós. Maceramos a realidade com o peso do imaginado, porque há prazer no torpor das lágrimas, satisfação no engasgo da tristeza.

Quem conta um conto aumenta um ponto. E o aumento nunca é para amenizar, apaziguar a indignação do ouvinte. É o contrário. O ponto que se aumenta é para deixar pasmo, abismado o que nos ouve, gerar a consternação que o levará a dizer: — Meu Deus, como você suportou tudo isso?

O sofrimento foi assimilado por nós como brasão que distingue, concede nobreza. Quem nos fez pensar assim foram os religiosos, adeptos da teologia que assegura que Deus condena um sorriso, mas absolve um joelho esfolado. Alegria é agravo ao coração triste de Deus. Algumas devoções, filhas dos desequilíbrios santificados, exortam a viver no tenebroso vale de lágrimas. O rosto de Deus foi redesenhado pelas neuroses do teólogo. Ao sacrifício de Cristo acrescentam o sadomasoquismo que não foi diagnosticado no divã. Não é sempre assim, mas costuma ser.

O seu pessimismo crônico é herança deixada por homens e mulheres bem-intencionados. Todos eles protegidos por hábitos e ritos que nos inspiram transcendência. A catequese recebida incutiu em sua mente a marca dos que não se servem das talhas de vinho das bodas de Caná, dos que se recusam a participar da festa, dos que não perdoam o filho pródigo, dos que escolhem a tristeza do degredo. Assumiram a tristeza como regra, a amargura como sina.

O que não curamos em nós, impomos aos que virão depois. Sua mãe não lhe facultou o acesso aos processos que reorientam os caminhos. E nem podemos fazer julgamento algum. Só há responsabilidade quando há consciência, clareza de saber que estamos errando, deliberadamente escolhendo. Hoje, sob a luz que ilumina os porões escuros de minha condição, sim, torno-me inteiramente responsável se continuar impondo esse fardo aos outros. Depois da consciência desperta, tudo é pecado, Ana Maria. Ou tudo é manifestação de Deus. Depende da competência do terapeuta que conduz a neurose.

15.

DESDE QUANDO NOS CONHECEMOS? SERIA POSSÍVEL PRECISAR NA LINHA DO TEMPO O MOMENTO EXATO EM QUE FLORESCEU EM MIM A CONSCIÊNCIA DE QUE MINHAS RAÍZES ERAM RAMIFICAÇÕES SUAS?

Você sempre me soube, conheceu, decifrou. Cheguei ao mundo sob a tutela de sua predileção. Um amor que lhe permitia amar o desconhecido. Oferecer o peito, o leite, o colo. Você me conhecia com os recursos da razão, sondava-me com os instrumentos da epistemologia, essa palavra que você desconhece, mas pratica. Sabia exatamente o que significava ter um filho, ser mãe de alguém.

Eu, imerso numa absoluta incapacidade de decodificar o mundo que me envolvia, sabia-lhe com os recursos rudimentares dos instintos. Seu cheiro, sua voz, a textura de sua pele. O que eu abarcava de você permitia o primeiro estágio de todo vínculo, quando a necessidade impera sobre a escolha. Depois, quando cumpri o ciclo de maturação mental, pude saber que você era minha mãe. Entendi o que pude sobre o conceito e fui naturalmente tragado pela dependência que a convivência amalgamou. Ali começou em mim o processo de lhe saber de cor, ter na ponta da língua a capacidade de decodificar o seu sabor. Decorar seus jeitos, trejeitos, qualidades e defeitos. O todo de seu ser desaguando nos leitos estreitos do meu rio existencial, feito água que permeabiliza a esponja que toca. Fui aos poucos assimilando a soma viva de suas características, engolindo as adjacências e centralidades de sua personalidade.

Por fim, quando pude entender que já estávamos perfeitamente apresentados um ao outro, compreendi que não seria mais possível viver sem estar sob as suas ordens. Mas quando foi que isso aconteceu, Ana Maria? Não sei. Embora seja essencialmente objetivo, o tempo nem sempre se sujeita ao cálculo de nossas especulações. O fato é que estamos aqui, juntos, velhos conhecidos, referenciados pelos caminhos que andamos juntos, cumprindo a sina de transmudar vivências em aprendizados.

Um dia, quando o tempo decidir que assim será, é provável que você me esqueça. Olhará em meu rosto e não saberá mais dizer o meu nome. Traída pela mente, você me descredenciará de sua tutela. Serei condenado a morar nas brumas dos seus esquecimentos. Perguntará quem sou, vou responder que sou seu filho. Você vai rir, vai dizer que não tem filho da minha idade, que seus filhos moram todos em destinos distantes. Vai me contar de novo que o seu marido foi o seu único amor. Certamente vai acreditar que ele ainda estará vivo, trabalhando, prestes a chegar para o almoço. Embora seja certo de que estará presa aos limites do corpo, vai acreditar piamente que, no próximo sábado, vai passar a noite dançando no bailão do Zé Martins.

O esquecimento conforta, Ana Maria. É como se a mente procurasse refazer a trama do passado, realocando as peças, dispondo-as de um jeito que só apareça o que foi bom. A demência é um bônus para quem muito precisou lembrar. Ocorre-me a tentação de pensar que ao esquecido dói mais. Olhar o rosto amado e dele não mais receber o olhar que abraça, o afeto que transborda. Ter de habituar-se com a indiferença do ser que esquece. Converter-se ao desamor é um doloroso parto, pois o amor amado carboniza na alma as impressões do outro, as recordações que edificam a memória de nossa identidade. Quando chegar o dia em que você deixará de saber quem sou, Ana Maria, quando a morte da memória se antecipar à morte das carnes, é certo que boa parte de mim morrerá também.

Quantos éramos nós quando éramos só nós dois? A dor nos tornava múltiplos. Fundia num mesmo vínculo de mãe e filho: a amiga e o amigo, o pai e a filha, a irmã e o irmão. Sofríamos mais do que nos alegrávamos. As alegrias eram poucas, eu sei. Vivíamos imersos na névoa da insegurança. Nunca sabíamos se ele retornaria sóbrio. O breve deleite, eu me lembro, quando o ruído do portão da casa nos permitia o consolo de saber-nos protegidos da dolorosa espera. O homem estava entre nós. A docilidade com que nos tratava bordava cada detalhe de suas atitudes. Cumpria-se a rotina. Sentava-se à mesa da varanda, lixava com precisão os calos do dia enquanto Antônio Torres comandava, pela rádio Difusora Formiguense, o *Brasil Caboclo*, programa que tocava as canções sertanejas que musicavam o nosso crepúsculo.

A música, o pai em casa, a hora do dia em que tudo parece ser engolido pela bruma da serenidade concediam-me a sensação de que a vida valia a pena. O fogão à lenha aceso, você preparando o jantar, a simplicidade nos fazendo experimentar o breve dormir do desejo, quando a alma se curva e reverencia a pequena parcela oferecida, desobrigando-se de desejar o que não se tem. A paz nos fundia, selava a pertença, concedia repouso ao que de nós estava aflito. A dor não partia, e sim permanecia em silêncio num canto da alma. Sabíamos que a paz que experimentávamos era tênue como um cristal delicado.

Quando eu percebia que ele permaneceria em casa, pegava a bicicleta e ia andar com os amigos. Concedia-me um breve baixar de guarda, dispensando-me do ofício de zelar pelo seu bem-estar. Terminada a alegria, a volta para casa era sempre igual. Um frio congelante na barriga, o corpo reagindo ao medo, o espírito se enclausurando, temeroso de que a paz já tivesse partido.

Era sempre do mesmo modo. Eu entrava pelo portão, vencia a escuridão da varanda, da cozinha, adentrava o corredor e parava à porta do seu quarto. Quando eu ouvia a respiração pesada do meu pai, o coração disparado reencontrava o ritmo. Ele estava em casa, sóbrio, ao seu lado. Ou então, noutras ocasiões, encontrava vocês dois no sofá, assistindo a algum programa na televisão. As mãos entrelaçadas alcançavam as minhas. O mundo havia reencontrado a sua ordem. Eu corria à geladeira, pegava um geladinho de uva, sentava próximo a vocês e desfrutava dos efeitos daquele encantamento, quando esquecemos o fardo das horas, as indigências do vício; quando a fração de tempo que nos cabe, feito maná que sacia a fome no deserto, concede-nos a doce sensação de saciedade, o deleite de esquecer que a fome cedo ou tarde voltará.

Eu sei que a paz era exceção. Aquele sossego era uma fatia estreita que da vida costumávamos receber. Mas eles também escreveram suas lições em nós, pois desfrutar da calma que o amor proporciona nos leva a acreditar que a felicidade custa pouco. Se o mundo fosse sempre daquele jeito, Ana Maria, ajeitando todas as riquezas que temos em poucos metros quadrados de sofá, a vida deixaria de ser cruel, e todos os nossos sentidos se curvariam diante da beleza dela.

A vida nos torna desdobráveis. Não porque queremos, mas porque precisamos sobreviver. De repente o beco se estreita, a viela perde a amplitude, o portão se encolhe, o ventre nos expulsa. É a hora privilegiada para o aprendizado, pois o que sabemos sobre nossa capacidade de resistir não se manifesta quando é pacífico o percurso. É na procela que a força se revela.

Foi ao seu lado, Ana Maria. Eu sei que foi. Vestíamos a pele que o instante nos entregava. Sobrevivíamos. Tornávamo-nos múltiplos, transmutáveis, permeáveis, maleáveis. Porque sabíamos que não nos restava alternativa. Transitávamos pelos papéis que o momento exigia de nós. Eu era seu pai, seu amigo, seu irmão. Ao ver diluir no poço da dor a minha mãe, ao vê-la desprovida dos recursos que a peleja raptava, eu me tornava o homem que eu ainda não podia ser. Você paria o meu futuro. Era de suas entranhas que florescia o meu devir, o meu vir a ser.

Hoje, depois de tantos caminhos percorridos, posso dizer que tudo o que de mim eu reconheço como corajoso e determinado foi observando a sua lida com a vida que eu conquistei. Ser seu filho foi a experiência que construiu o homem que hoje está aqui. Com você, por você, em você, eu varei os confins da minha fragilidade, esmiucei o que de mim estava acessível, compreendi que há sempre uma rota de fuga, mesmo quando tudo nos parece irremediavelmente perdido.

Quando digo que foi ao seu lado, eu me refiro aos dezesseis anos em que coabitamos. O distanciamento nunca aplacou a simbiose. Eu nunca deixei de andar sob a sua sombra, Ana Maria, mesmo quando não segurava a sua mão. Eu continuamente caminhei pelos seus bosques. Embora você nunca tenha sido possessiva, eu sempre fui seu, inteiramente seu. A melhor forma de prender é soltando. Quanto mais você me solta, muito mais você me tem. É sob seu abrigo que eu aprendo a viver.

Presenciar a sua evolução espiritual, humana, é um estímulo para que eu viva o mesmo. Eu a observo. Contemplo o decantar do vinho de sua maturidade. A vida derramando sossego sobre as dimensões erráticas de sua personalidade. O benefício do envelhecimento. Conta menos o que antes punha sopro na tormenta. Tende-se mais facilmente à seletividade. Reflete-se mais, pergunta-se menos. O motivo merece acordar a ira?

Coloca-se menos obstáculos à alegria. O sorriso flui sem impor condições. Nem todo envelhecimento amadurece, eu sei. Recolher os benefícios da idade exige ultrapassar a imensa margem de danos que o tempo nos impõe. O rancor é o caminho mais fácil, o atalho que atrai a força gravitacional de nossos pés. Mas o anoitecer da vida não precisa ser conduzido pela parte que de nós não foi curada, que permanece infeliz. Quem deveria conduzir o crepúsculo de nossa existência é a gratidão. Como você o faz, Ana Maria.

É admirável a maneira como você escolhe organizar a sua memória emocional, optando por embrulhar com um sorriso a lágrima de ontem, desenhar uma narrativa bem-humorada para o que antes era um roteiro triste. Olho para você e fico certo de que tudo está em perfeita ordem, como se todas as peças do mosaico de sua vida já estivessem harmoniosamente colocadas.

Tenho medo, Ana Maria, confesso. O seu estado de prontidão descobre minha alma e a expõe ao frio da insegurança. Perscruto a sua forma de viver e já não encontro o que poderia ser melhorado. É como se você estivesse pronta para partir.

O esquecimento conforta,
Ana Maria. É como se a mente
procurasse refazer a trama do
passado, realocando as peças,
dispondo-as de um jeito que só
apareça o que foi bom. A demência
é um bônus para quem muito
precisou lembrar.

16.

DEPOIS QUE MORRE A MINHA MÃE, MORRE TAMBÉM A MINHA OBRIGAÇÃO DE SER FELIZ.

Porque tudo o que me diz respeito a ela também diz. É impossível naufragar sem puxar comigo a barra de seu vestido. Não porque se quer, mas porque se impõe, porque seu amor nos coloca num espaço delimitado e nos diz: — Nunca coma do fruto proibido! — Transgredir resulta em perder o paraíso, assumir a condenação que nos subjuga à culpa eterna. Nunca se é infeliz impunemente. Amarra-se ao laço da infelicidade a legião que amamos, congregando, num só reduto de lágrimas, todas as pessoas assinaladas por nossa predileção.

As ondas térmicas da reviravolta me alcançam, solapam a segurança afetiva que o calor materno me concedia, fixando minha alma nas geleiras da ausência. É do alto deste monte frio que meus olhos contemplam o mundo. O gelo petrifica minhas retinas, retirando delas o movimento que permitia esquadrejar os múltiplos continentes de minhas possibilidades.

A dor enquadra o retalho do tempo que deixou de passar. Tudo em mim está estagnado, como se o último suspiro da senhora também paralisasse o meu, desertificando meus pulmões, a carne esponjosa, que, além de filtrar o ar, filtra também amor.

Sua morte, minha vida. Nunca havíamos experimentado opostos tão equidistantes, Ana Maria. Os verbos se embaraçam, se confundem neste emaranhado de hipóteses, roubam a dinastia que me alinhava ao seu ventre, deserdando-me sem nenhuma piedade. A morte me impõe um desespero inédito. É a primeira vez que não sei dizer onde está a minha mãe.

Órfão. Eis a minha condição. O vazio assinala a cruz sobre a minha testa. O negro das cinzas alcança o meu coração, risca nas artérias os caminhos da saudade. Um dia eu serei capaz de percorrê-los. Por ora, não. Cruzo as distâncias que estão em mim, ando os caminhos que me permitem chegar ao âmago de tudo que a senhora deixou por aqui. Coisas, sentimentos, lembranças, odores.

Sofro a sua morte sem nenhuma pacificação. Não tenho o auxílio da fé, pois Deus não aplaca a dor dos que amam. A ausência corta a vida, divide o mar do tempo, separando-o em duas definitivas porções – o antes e o depois. A soberana desolação varre sobre os meus pés a poeira que condena todas as coisas à reificação. Nenhum destino me chama, nenhuma palavra me orienta, nenhuma esperança me alcança.

Mas não há ansiedade em reagir. Não há um externo de mim que provoque a obrigatoriedade da reação. Tudo está silente, estagnado, frio e condenado. É como pode estar. E não há culpa, nenhum movimento moral inquietando a minha consciência, exigindo dela uma resposta, pois a minha mãe está morta. E, quando morre a minha mãe, morre também a minha obrigação de prosseguir.

Depois de um ano, voltei à sepultura onde a deixamos, Ana Maria. A palavra não se sujeita a dizer o que senti ao ficar diante do túmulo em que repousam os seus restos mortais. Daquela noite, guardo a lembrança de ver a escuridão sendo cortada pelas lanternas, focos de luz que dançavam descompassados, enquanto o ruído de um cortejo simples, desprovido de liturgia, costurava o silêncio da noite ao choro das poucas pessoas que estavam ali.

Eu não a vi. Sabia que a senhora estava ali, mas o que aos olhos se dava era o lustre da madeira que compôs o seu regaço final.

É reconfortante acreditar
que haverá uma eternidade que
curará a solidão dos órfãos,
que enxugará a lágrima da mãe
que perdeu um filho, que permitirá
o reencontro dos que se amam.

O verniz entristecido que sobre ele foi colocado, como forma de acabamento, fazia com que se destacasse no breu da hora. Era só o que da senhora víamos. Um esquife que nos solicitava imaginação. Foi um elevado exercício de fé. Acreditar, mas sem ver.

A pressa dos funcionários do cemitério nos foi imposta. Não haveria tempo para liturgias. Um pequeno grupo de pessoas se reuniu em torno do túmulo. Eu não via ninguém. Estava incapaz de perceber outra coisa que não fosse a urna em que a senhora estava. O barulho seco dos movimentos que a guardaram ainda ressoa em mim. O arrastar da colher do pedreiro sobre a pedra, os comandos práticos de quem desempenhava uma função que não podia esperar pela nossa dor, o arrastar da madeira, o ruído provocado pelo atrito com o cimento da casa final.

Depois de um ano, ao contemplar a lápide com o seu nome, percorri os caminhos que sua ausência construiu em mim. Eles são tristes, minha mãe. Eu só consigo suportá-los porque sou consolado pela certeza de sua ressurreição. A elaboração da fé sobrenatural passa, necessariamente, pelas soluções que encontramos para os nossos desalentos. É reconfortante acreditar que haverá uma eternidade que curará a solidão dos órfãos, que enxugará a lágrima da mãe que perdeu um filho, que permitirá o reencontro dos que se amam.

Eu nunca fiz questão de imaginar o céu. O meu cartesianismo me proibia. Vivia movido pela consciência de que todo discurso sobre a eternidade é impróprio, pois qualquer formulação que faço sobre ela, qualquer tentativa de conceituá-la, exigiria que eu recrutasse as categorias de tempo e espaço para fazê-las. Mas depois que a senhora morreu, depois que precisei enfrentar o desconsolo de me saber neste mundo sem a sua presença, passei a ser visitado pela necessidade de conceder forma às minhas esperanças.

Depois da sua morte, passei a necessitar de eternidade. Configurou-se em mim o desejo de crer num céu que corresponda às medidas de minhas saudades. Um céu pequeno, feito cidade do interior, tendo no centro a matriz, a praça, o coreto, os casarões fazendo o contorno da estrutura central. A senhora moraria num deles. Avarandado, paredes altas, telhado com eiras e beiras, quintal bonito, amplo, repleto de tudo o que me faz lembrar a infância. Jabuticaba, goiaba e uma mangueira frondosa que nos permitisse um balanço improvisado, pronto para conduzir a nossa alegria.

Uma cidade que não dificultasse o encontro. Tudo logo ali. Atravessaria a praça e já estaria em sua casa. A senhora rejuvenescida, sem os limites físicos que o tempo lhe impôs. Quarenta e poucos anos, idade perfeita para uma mãe. A desenvoltura dos gestos, a precisão da fala, a aura de autoridade que só o tempo confere. E eu voltaria a ser seu filho. Submisso, sempre à busca de sua opinião, de seu olhar, de sua casa, configuração de tudo o que considero belo, justo e verdadeiro.

Eu sempre soube ser filho. Não careci aprender. Nasci filiado, atado pelo vínculo que se desfez no dia 27 de março de 2021, às 9h da manhã. Mas o que do vínculo se encerra, Ana Maria? A morte é capaz de romper a consciência de que sou filho de alguém? Pode o encerramento da temporalidade corpórea também encerrar o simbólico de ser desdobramento biológico seu? A senhora me pariu na carne, mas, com o tempo, me pariu no espírito também.

Portanto, é mais do que morrer uma pessoa. Quando morre a minha mãe, desfaz-se uma continuidade que confirma a minha identidade. Eu sou eu sendo seu filho. O Fabinho da dona Ana. É como sempre me chamaram. Ou a dona Ana, mãe do padre Fábio. Nossos nomes e a urdidura da posse. Eu sou seu, a senhora é minha, como sempre quer o amor. Um aprisionamento que buscamos voluntariamente. Ou não. Há escolha no amor? Ou todo amor é naturalmente uma cadeia que não permite fuga?

Sobre a liberdade do agir humano é tão complexo pensar, Ana Maria. Talvez Kant tenha tido razão. Só somos livres quando fazemos o que não queremos. O dever se impõe ao desejo, castra as revoluções da vontade. Amo, mesmo quando não quero amar, porque amar é a prisão mais atraente que podemos experimentar.

Amo, mesmo quando não
quero amar, porque amar
é a prisão mais atraente que
podemos experimentar.

17.

A SUA AUSÊNCIA ME ACOMPANHA.

A luz de outrora se apagou. O portal que nos unia se fechou. Não há uma escada que eu possa subir, ou um corredor que eu possa adentrar, um movimento que me permita encontrá-la. Estamos irremediavelmente apartados. O corpo que se decompõe na sepultura não pode saciar a minha necessidade de encontro. A pedra posta nos impõe o definitivo silêncio.

Eu queria saber, Ana Maria. Como foram os seus últimos momentos de consciência. Minutos antes da entubação, o que lhe ocorreu pensar? Quando o líquido branco começou a correr em suas veias, apagando a consciência do sofrimento que asfixiava o seu peito, colocando para descansar o exausto pulmão, em que a senhora pensava?

O seu último olhar para mim nunca se desfez em minha memória. A chamada de vídeo, logo após a asfixia que lhe doeu tanto.

— Vou colocar a dona Ana pra dormir — amenizou o médico.

Rezamos juntos. A senhora me acompanhou. Após a oração, a mentira que contei.

— Agora a senhora vai dormir um pouquinho, porque a senhora está muito cansada, viu.

Mesmo sabendo que não era verdade, a senhora não quis me desmentir. Fez o que sempre fez. Protegeu-me do absurdo daquela hora. Saiu da condição de indigente e me concedeu o abrigo.

— Sim, Fabinho, eu estou cansada mesmo!

— Quando acordar, a senhora já estará boazinha, pronta para voltar para casa.

— Sim, eu não vejo a hora de voltar!

Mas então veio a verdade:

— Eu amo muito a senhora.

— Eu também te amo muito, meu filho!

— Tchau, mãezinha, até daqui a pouco.

— Tchau, meu filho!

Ponto final. Foi o nosso último diálogo. Depois de tantas palavras ao longo da vida, de tantas confissões, declarações, embates, debates, dissemos tchau...

A imagem ainda me permitiu vê-la sorrindo triste, oferecendo gentileza, como sempre fez, aos profissionais que estavam no quarto. De repente, o sinal foi interrompido. O que tinha em minhas mãos era a tela escura do meu celular. Eu estava no meu quarto. Nunca havia experimentado uma desolação como aquela. Deitei no chão e chorei o choro dos desesperados, o choro dos culpados, dos inocentes, dos livres, dos condenados, dos doentes, dos sãos, dos perdidos, dos encontrados, dos traídos, dos traidores, dos santos, dos pecadores.

A dor me fazia perpassar todas as dores do mundo. Como se o conjunto das tristezas humanas estivesse derramado sobre mim. Um retorno ao ventre, mas sem a perspectiva de nascer. Um mergulho no abismo Challenger de minhas emoções. Eu sabia que a senhora não voltaria, que havia terminado o nosso tempo de ser mãe e filho. Iniciava-se ali o doloroso processo de nunca mais vê-la.

A dor era inédita. Experimentava o desconhecido, o nunca tocado da capacidade humana de se condoer, retorcer, esfacelar. Uma dor que retalhava o meu espírito, levando-me por caminhos nunca antes andados por mim.

Os dias que se seguiram foram de absoluta desolação. Não podia ir vê-la. Eu queria, mas a sua doença não nos permitia. Ainda que fosse para velar as horas de sua inconsciência, acompanhar os cuidados que a enfermidade exigia. Tentaram de tudo, eu sei.

Quando, naquela manhã, o telefone tocou, senti um frio percorrendo o meu corpo recém-amanhecido. A voz do médico estava calma, consternada.

— A sua mãe teve uma parada cardíaca, nós a reanimamos, mas horas depois ela não resistiu...

Oh, Ana Maria, o dia mais temido por mim havia chegado. Eu estava recebendo o comunicado que eu nunca queria receber. E ele foi feito com recursos de uma linguagem que a senhora sempre usou, porque amenizar os golpes da vida, revestindo-os de graça celestial, intervenções divinas, era sua especialidade.

A senhora não resistiu.

Depois de ter resistido a tantos sofrimentos, tantas perdas, tantas infecções, edemas, inflamações, mutilações, traições, medos, fomes, asfixias, dores, quebraduras, rupturas, invasões, humilhações, a senhora não resistiu.

O que havia à nossa espera era um corpo não resistido. Os encaminhamentos práticos não esperam. É entre lágrimas que as decisões precisam acontecer. Exigem-nos diligência os que aguardam por elas. Escolher a urna, assinar os papéis, organizar o sepultamento. Os desdobramentos tristes da morte não esperam por nós. A senhora morreu entre estranhos. Cuidada por eles, respeitada por eles, mas entre estranhos.

Quem a tudo viu, Ana Maria? Quem estava presente quando o sinalizador sonoro entrou na frequência constante, que indica a interrupção da vida? Quem notou a partida, a pausa, o fim? Quem primeiro disse: — Ela não resistiu! — Houve lamento? Ou quem primeiro comunicou: — Ela morreu! —, a frase que custei a ter coragem de dizer? Como foram os instantes que se seguiram? Quem anotou a hora da morte, quem retirou os aparelhos, os acessos? Quem recolheu o travesseiro que apoiava a sua cabeça? Será que pôs reparo na beleza de seus cabelos brancos, nos traços bem desenhados do seu rosto? Será que alguém lhe fez um último carinho? Será que alguém banhou o seu corpo não resistido? Será que alguém o vestiu? Quem foi a última pessoa que tocou a sua pele? Não foi nenhum dos seus, Ana Maria. Embora quisesse, Cristiane, a sua neta tão amada, que tão bem cuidou da senhora nos últimos anos, não pôde. Impedida pelas leis sanitárias impostas pela pandemia, a sua fiel companheira ficou de fora, esperando a hora de receber o seu corpo. Mas não como tantas vezes acontecera, quando, já de alta concedida pelo médico, a senhora a esperava, sentadinha em sua cadeira de rodas, com sua malinha no colo e um sorriso lindo no rosto, repleta de gratidão por ter um lugar para onde voltar. Ela a recebeu da pior forma, do jeito mais triste, tendo de tomar decisões, assinar papéis, providenciar o seu retorno à cidade das Areias Brancas, nossa terra, seu primeiro e último chão.

Nada aconteceu como a senhora sempre quis. O vestido mais bonito, as flores de sua preferência. Nada lhe foi dado. O seu corpo não resistido foi entregue a um agente funerário que desconhecemos. Sobre o que ele falou com seus ajudantes, enquanto lhe guardavam naquele esquife triste? Será que sabiam o seu nome, sua origem, ao menos um detalhe de sua história? Será que suspeitaram que ali estava uma mulher para quem a vida sempre foi cruel, mas que nunca sucumbiu à crueldade dela? Será que intuíram que arrumavam, ou só guardavam, não sei, uma senhora que nunca deixou de viver, mesmo quando o convite era ao caos e à dor?

Eu queria ter estado lá para dizer. Ou melhor, eu teria feito tudo sozinho. Reivindicaria o direito à solidão. Só nós dois. Cuidaria de cada detalhe de sua despedida. Faria o mesmo que a senhora fez por mim quando cheguei ao mundo. Numa tentativa de corrigir meus erros, eu faria mais. Encararia sua nudez, a sua paralisia, a inércia material de sua constituição. Eu banharia o seu corpo, derramaria sobre ele o perfume de sua predileção, colocaria nele o vestido mais bonito, calçaria os seus pés com sapatos macios, mesmo sabendo que para eles não haveria mais caminhos. Há gestos que não

Sobre nascer e morrer,
todas as convicções
nos escapam.

correspondem à necessidade da vida prática, Ana Maria. Nós os fazemos porque precisamos deles. Não fazem diferença para o outro, mas fazem para nós. Fazemos porque significam, porque calçar os seus pés, vestir o seu corpo, banhá-lo, perfumá-lo, mesmo sabendo que a ele não seria dado o direito de retorno ao lar, nos ajudaria a selar o tempo do nosso amor.

Não houve ritual, não houve a derradeira contemplação. O que recebemos foi uma urna lacrada, um leito de madeira, fechado, parafusado, com ordens expressas de não poder ser aberto. Um ventre construído por mãos humanas, insuficiente para a grandeza de sua alma, para que fosse guardado num exíguo espaço de construção civil. Um lugar estreito que a colocou ao lado dos seus.

Naquela noite, a mais sombria de todas as noites que já experimentei, o carro que me levou ao cemitério estacionou à frente do carro funerário, parado diante do portão do cemitério. Olhei pelo retrovisor e avistei a porta traseira erguida, permitindo a visão do fato mais triste, da cena mais dolorosa que minhas retinas já tinham captado até então. Uma imensa coroa de flores sobre um móvel lustroso, castanho-claro.

Perpassado pelo medo do momento, não pude mover as minhas pernas. A voz do Roberto, o amigo que me acompanhava, tentava me retirar da letargia:

— Vamos lá, esta hora é difícil, mas você precisa vivê-la.

Alguns metros nos separavam. Eu no carro, a senhora diante do portão.

À distância geográfica, que podemos conhecer com os recursos das metrificações, sobrepunha-se a distância simbólica, que não há conhecimento no mundo capaz de metrificar. Ao colocar os pés sobre a calçada que margeia o vale do Santíssimo, recordei-me de quando a senhora me esperava no portão de casa sempre que sabia que eu iria chegar. O seu olhar impregnado de sorriso, me abraçando, antecipando o que logo em seguida fariam os seus braços. Um retorno sempre em festa, comemoração que aplacava o temporário medo da ruptura, da morte, do fim.

Mas o seu olhar não estava mais ali. A cena estava mudada. Era outro portão, não o de nossa casa. O portão daquele instante era o evitado, desde sempre, o umbral que delimita o espaço onde jazem esquecidos e lembrados. O portão que finaliza os laços, as promessas, corta o cordão umbilical, quebra os pactos, as alianças, as arrogâncias, as pretensões, que aparta os vivos dos mortos. Entrar definitivamente por ele significa deixar de pertencer à lógica da cidade. Significa dar início à desconstrução da memória, descer aos poucos, à medida que se desama, o breu do esquecimento.

Muitas vezes eu já havia passado por ele. Tenho o hábito de andar pelos labirintos do lugar a que ele dá acesso. É uma forma de desafiar o medo da morte, superar o desconforto da finitude, vasculhar o mundo dos mortos que morrem aos poucos. Ver nomes e fotografias que desconheço. Imaginar os que choraram por eles. Será que ainda choram? Quanto tempo dura a dor do luto? Mia Couto descreveu bem: "Morto amado nunca para de morrer." Mas, para além da poesia, recurso humano que cobre a crueza da vida com a delicada cera da beleza, existe um prazo para doer tanto como dói hoje? Com o tempo, morreremos definitivamente?

O último grão de terra será colocado quando eu for apagado da memória do último que de mim se recordou. Depois, como sempre costuma ser, também não passarei de um retrato na lápide, alguém cujas informações se descolorirá, assim como se descolorirão elas, as informações. Apagam-se os nomes, as frases que expressam saudade, diluem-se os rostos nas fotografias cansadas, expostas ao peso dos séculos. Quem fomos, para quem fomos, com quem fomos, por quem fomos? Nem mesmo as perguntas interessarão mais.

Os ossos ressequidos, ou completamente desmineralizados, jazerão no silêncio sob a terra, enquanto, sobre ela, prolifera-se a vida, como sempre o fez. Os vivos apressados passarão pelo que restou de nós, mas não se ocuparão em nos ler, não se interessarão em correr os olhos sobre a pedra que indica o lugar onde fomos colocados, chorados, ocasionalmente visitados e, depois, finalmente, esquecidos. Mas também há um conforto em deixar de ser. Entregar ao tempo o dever normativo de desfazer com ele a nossa identidade.

Quando é que morreremos definitivamente na memória do mundo, Ana Maria? O que estará fazendo aquele que por último for invadido por uma recordação nossa? Qual será o último coração que nos dedicará um centímetro de amor? Estará subindo uma sequência de degraus, estará tomando um café? Em que momento se apagará, na história da humanidade, o registro de que passamos por aqui? Será noite, será dia? Em que mês, em que ano? Será primavera, será verão, outono ou inverno? Que fato sucederá o rompimento da lembrança que nos porá novamente nas páginas da vida? Será uma lembrança triste, será uma lembrança feliz? Em que lugar do mundo ela acontecerá? Será quando todas as coisas se expressam, ou será quando todas as coisas se calam? Não sei. Sobre nascer e morrer, todas as convicções nos escapam. O antes de chegar, o depois de partir são mistérios que merecem a nossa reverência, não as nossas interrogações.

Experimentamos a definitiva finitude como quem está sendo alfabetizado. Assimila-se a ausência com o mesmo vagar com que se constrói o conhecimento que nos permite ler as palavras. Quando deixamos de nos pertencer, porque a lâmina da morte cortou a pele emocional que nos unia, somos naturalmente conduzidos à escola do luto. E ele não é linear. Ninguém pode nos garantir estabilidade no caminho. Quando menos esperamos, a serenidade já alcançada pode ser aniquilada pelo desespero da saudade. É assim, oscilando, que vivemos o processo normativo que nos educa para a ausência.

Agarro-me ao simbólico que agora nos une. O resíduo da vida vivida passa a morar nas coisas. A reminiscência eleva a matéria à condição de sacramental. O tempo e sua dimensão sacerdotal faz com que coisas sejam mais que coisas. Passo diante de sua fotografia e peço a sua benção. A minha mente se encarrega de produzir o som da resposta. Guardo a sua voz como se guardasse um diamante. Porque ela me conduz ao profundo de mim, acordando uma verdade que sempre dependerá do chamado feito por ela.

Experimentamos a definitiva
finitude como quem está
sendo alfabetizado. Assimila-se
a ausência com o mesmo
vagar com que se constrói o
conhecimento que nos permite
ler as palavras.

Foi um prazer ser seu filho, Ana Maria. Foi uma honra descobrir na sua carne, no seu espírito, as configurações de tudo o que reconheço eterno. Obrigado por ter sido o amor mais complexo e inesgotável que eu conheci. Foi prazeroso vê-la viver, sorrir, cantar, dançar, contar histórias, desenhar nas pessoas que passaram por sua vida a memória de sua delicadeza.

Descanse, minha mãe. Desfrute da eternidade que a senhora tanto lutou para merecer. Resolva-se com Santo Antônio, diga que não tenho o nome dele, mas o honro de outras formas. Encontre os santos de sua devoção. Dance com eles a valsa da salvação. Descanse das lágrimas, da crueldade da vida, e espere por mim. Eu quero merecer morar num cômodo de sua casa, um quartinho no fundo, a uma distância que me permita chegar sempre que a senhora chamar por mim.

Este livro foi composto na tipografia GT Super Text,
em corpo 10,5/15, e impresso em papel off-white
no Sistema Cameron da Divisão Gráfica
da Distribuidora Record.